借枪

龙一 著

天津出版传媒集团
百花文艺出版社

图书在版编目（CIP）数据

借枪 / 龙一著. -- 天津：百花文艺出版社,
2021.1
ISBN 978-7-5306-7942-5

Ⅰ. ①借… Ⅱ. ①龙… Ⅲ. ①长篇小说-中国-当代
Ⅳ. ①I247.5

中国版本图书馆 CIP 数据核字(2020)第 257564 号

借枪
JIE QIANG
龙一 著

出 版 人：薛印胜
选题策划：唐 嵩 刘 勇 **责任编辑：**唐 嵩
助理编辑：李 楠 **责任编辑：**郭亚红
封面设计：春 韭
出版发行：百花文艺出版社
地址：天津市和平区西康路 35 号 **邮编：**300051
电话传真：+86-22-23332651（发行部）
+86-22-23332656（总编室）
+86-22-23332478（邮购部）
网址：http://www.baihuawenyi.com
印刷：山东临沂新华印刷物流集团有限责任公司
开本：880×1230 毫米 1/32
字数：121 千字
印张：6.875
版次：2021 年 1 月第 1 版
印次：2021 年 1 月第 1 次印刷
定价：59.80元

如有印装质量问题，请与山东临沂新华印刷物流集团有限责任公司联系调换
地址：山东省临沂市高新技术产业开发区新华路 1 号
电话：(0539)2925659 邮编：276017

自序

小说再版是件开心事，特别是在它被改编为电视剧很久之后。

《借枪》改编的同名电视剧播出效果很好，至今仍有许多观众记得这部剧，特别是其中生活化和喜剧化的部分，就如同他们能记住我的小说改编的另一部电视剧《潜伏》一样。电视剧《借枪》是导演姜伟、编剧林黎胜和演员们辛苦工作，发挥极大的想象力和创造力的结果，小说《借枪》仅仅是一粒种子，被他们培育成参天大树。对于小说家来讲，这是一份巨大的幸运。

我本人算是全职作家，写作二十多年之后，至今回首，难免有一点感慨。

我一直认为作家只是一份职业，尽管多数作家是在利用业余时间创作，但这仍然是一份职业，需要承担全部职业重担，经历职业性的狂喜与痛苦。因此，作家只有全职与兼职之分，没有专业与业余之分。

互联网写作兴起之后，有许多作家在网络上发表作品，并且已经取得了很好的成绩，读者甚众。同时，网络平台与纸质出版平台正在打通，传统写作者与网络写作者之间的差别正在日渐缩小，这是一个了不起的创新，是文学作品流通的必然趋势。

我作为一名传统写作者，深知文学来源于生活的重要性。有关生活的本质、变化、规律、情感，特别是细节，不论是直接来源于亲身感受，还是间接来源于资料与影像，都是作家取之不尽、用之不竭的创作源泉。今天的读者是人类历史上见闻最广博的读者，写作者如果背离了生活，尤其是背离了生活常识，立刻就会被读者指出，并被读者抛弃。所以说，文学写作这个职业是一份需要自尊自爱的职业，也是一份需要慎独的职业，唯有勇于自我审视，勇于自我批判，方能坚持下去，赢得寸进。

作家的职业特性之一便是会出现瓶颈期，这种事情往往发生在作家将已有的生活积累写过一遍，在认知水平和思辨水平没有发生革命性进步的同时，写作会进入那种可能发生自我重复或者厌烦写作的状态。这是一种正常的职业状态和心理状态，一点也不丢人。此时我们需要做的只有一件事，学习，学习，再学习。

作家的另一个职业特性是容易诱发职业疾病，这种现象通常出现在写作十年以后。多数作家因为时间紧张，或是为了避免干扰，往往会养成一些不良的生活习惯，如熬夜、睡眠不足、饮食不周、缺乏体育锻炼等，会诱发几种常见的疾病，如颈椎和腰椎劳损、失眠、情绪不稳定、营养不良等，这些都是不难医治，却很难痊愈的小病，唯一的解决办法就是正确认识这种职业疾病，调整作息时间，改善生活习惯。相对于生命品质来讲，作品的多少一点也不重要。

在不远的未来，人工智能的发展会使普通人的就业环境变得非常狭窄，所以，不论是从事哪种职业，能够将自己的工作或生活清晰明白地写出来，会是一种非常有用处的技能。如果能够将文章写得有趣，那么，就有可能以写作为职业。或许，日后的作家不单单指文学作品写作，而是多种文体、多种行业、多种内容的写作。

好啦，就写到这里吧。祝读者朋友们平安喜乐。

目录

1

熊阔海昨天傍晚便得知了“砍头行动”失败的消息,所以,当老于今早爬进他的阁楼,丢下伪装身份的褡裢和唤头,一屁股坐在门边生闷气的时候,他没有先开口。其实,很多时候他都不会先开口,在被日本军队严密包围的租界里做抗日工作,口若悬河可不是个好习惯。

老于的劣质卷烟将这间小小的“鸽子窝”熏得像座庙,而熊阔海则兀自在桌边刻蜡版。每周两期的《烽火报》是他兼任的重要工作,耽搁不得。由于整夜没睡,他感觉眼球阵阵刺痛,便摘下眼镜擦一擦泪水,然后将完成的蜡版藏在一沓旧报纸中,这才转过身来面对组织上的领导,但仍然没有开口。

老于将目光放在熊阔海的鞋尖上,口中道:他牺牲了,很光荣,只是任务没能完成。

他这是没能尽到自己的责任。熊阔海替刚刚牺牲的弟弟表示谦逊的时候，目光也在老于的鞋尖上。老于又道，对不起，是我的方案错了，希望你能原谅。熊阔海道，这是组织决定，说不上是错误，也无从原谅。

他那英俊潇洒、前途无量的弟弟就这样毫无价值地牺牲了，但他又没有权利去埋怨组织，因为，他的弟弟作为革命者，原本就是要随时准备牺牲的。如今，组织上的领导真诚地向他表示歉意，他也真诚地接受了，但是，有一点他不能原谅，就是他很不满意老于这次拜访所传达给他的明确暗示——让他去接替他弟弟完成那个几乎无法完成的任务，刺杀日军华北司令部特高课课长小泉敬二。

这时，开寄宿公寓的白俄老太太在楼下高声叫他：熊先生，楼下有人找。下得楼来一看，他发现坐在餐厅里等他的是英租界警务处的总巡捕乔治·安德森，另有两名穿制服佩手枪的华捕守在大门边。

请坐，我的老朋友。安德森示意白俄老太太把门关上。

安德森是本地出生的白人，在熊阔海的父亲还没把家业败掉之前，他们住邻居，两个人一起上小学和中学，是“尿尿和泥”的交情。但是，自从熊阔海被组织上派回家乡从事抗日工作之后，他便一直在回避这个常会翻脸无情的爱尔兰人。

安德森的开场白很客气：你弟弟不幸去世我很难过，这样一来，我们就有了共同的仇人。

熊阔海知道,就在上个月,安德森的弟弟和情妇在华界被日军当作苏联间谍逮捕了，罪名是从事对抗大日本帝国的破坏活动，而实际上他们却是在往英法租界里贩卖海洛因。十几天前,小泉敬二下令将他们二人与另外三十几名抗日分子一起枪毙了。

安德森道:既然我们有了共同的敌人,我就需要你为我们共同的仇恨做一件事。

熊阔海能猜到安德森想让他干什么，便拦住他的话头道:我不杀人。

安德森咧开大胖脸笑了起来:如果你不肯去杀掉我们共同的仇人,我就上楼到你房间里逮捕你们的头头,逮捕你的情妇裴小姐，然后去爱丁堡道25号的地下室里抓住你的太太和女儿,把他们一起交给日本人。

裴小姐不是我的情妇。熊阔海口中抗议,心下却在飞速地思索着解决办法,然而,他根本就没有办法可想,显然,安德森已经掌握了他的一切。

如果老于在他的房间里被捕,同时他又没能因为舍身保护领导而牺牲,组织上就有理由认定他是一个无耻的叛徒,为此他甚至找不到任何替自己辩护的借口——因为他的弟弟刚刚由于老于的错误决定而牺牲了。关于他的妻子和女儿的事,他也无法向党组织解释,一年前组织上派他回来的时候,曾明确要求他将妻子和女儿送到根据地去,但是,他违背了组织上的命令，偷偷地将她们母女隐藏了下来，而对组织上谎称已经将她们送往上海的亲戚家。

至于他的邻居裴小姐，那是个无辜的、忧郁得令人怜惜的女子，如果无端将她牵扯进这场人命如草芥的战争中来，就必定会毁了他自尊自爱的男人之心，同时也毁掉了那个可怜的女子。

熊阔海回到楼上，见老于依旧坐在那里抽烟，与他出门时不同的是，老于已经将手枪打开保险放在脚边。老于问是什么人找你。他说是情报俱乐部的秘书别斯土舍夫，来催交明年的会费。他平日里的主要工作是在远东情报俱乐部搜集有关日军的情报，这也是组织上人尽其才，充分利用他在黄埔军校的军事背景和一口好英文。

老于接着抽烟，又过了好一会儿，再次满面歉疚道：对不起，当初我们误解了你，现在组织上已经决定，这次行动由你全权负责，而且，本地包括我在内的所有同志全都听从你的指挥。

面对组织上的领导，他不能像面对安德森那样说“我不杀人”。革命是一项有纪律的事业，组织上的决定他必须执行，更何况，除去组织上对他的信任和倚重之外，安德森对他的威胁也是无法抗拒的。

2

熊阔海从来都不认为自己是个军人，也不是知识分子，更算不上是一名合格的“职业间谍”。当年他父亲强迫他报考黄埔军校枪械科的时候，他正认为自己是个诗人，先是着迷于“同光诗派”，后又迷上了拜伦；到他表面上因为眼疾，实际上却是因为对暴力感到深刻的厌恶而退学的时候，他正认为自己是个无政府主义者和社会改良派；等到他接受了马克思、列宁的进步思想，加入中国共产党的时候，他便认定自己是一个像左拉那样无畏的理想主义者。

直到去年冬天，组织上将他从八路军重庆办事处调回天津，让他担任中共在远东情报俱乐部的常驻代表的时候，他才真正发现，自己很可能什么都不是。

虽说他的父亲只是一个很早便失去了军队的小军阀，而他自己也从来算不上是一个真正的纨绔，但他认为自己仍然像租界中的每一个纨绔子弟一样，在这三十年的生命中学习的东西太多了，爱好的东西也太多了，结果是没有一样精通，没有一样擅长。如今，这个刺杀小泉敬二的任务落到了他的头上，而他却发现，原来自己根本就不是一个刺客，甚至连个枪手也算不上。

尽管他在军校时曾钻研过多种武器，尽管他在组织面前表现出了相当真切的军事才能，但他内心深处非常清楚，他痛恨暴力，痛恨杀人。即使他心下明白自己面对的是一场你死我活的民族战争，但杀人的事对于他仍然是一个难以逾越的障碍，是隐藏在他那努力维持的男子汉形象之下的痼疾。

这时，薄木板钉制的房门发出一声细响，裴小姐走了进来。她目光低垂，扇子般浓密的睫毛在脸上洒下一对月牙形状的阴影。

你下班啦！熊阔海将声调揉搓到爽朗，这才与她打招呼。裴小姐紧了紧嘴角，露出一丝不易察觉的微笑，将一只小小的手巾包递到他手中，然后便退一步坐在老于方才坐的矮凳上，开始用目光与自己的手指对话。

熊阔海打开手巾包，发现里边是一只煮白薯、一块玉米饼、一片老腌萝卜，还有一个颜色鲜艳、拳头大小的石榴。

天哪！这么大的石榴肯定不是本地品种。熊阔海故作惊讶，希望将裴小姐压抑在心底的言语激发成声音。这个女孩太忧郁了，他担心她长此以往会发生什么可悲的变故。

果然,裴小姐轻声回应道:听说这是从临潼运来的。听到她肯开口讲话，熊阔海便知道今天是裴小姐难得开朗的一天。很长时间以来都让他感到奇怪的是,像裴小姐这样惜言如金的性格,她在电话局里话务员的工作又是怎样做的,那可是个需要不停讲话的行业。不过,他并没有问过她这件事，甚至他从来也没有问过她是哪里人，在哪个学校上的学,年龄有多大,为什么会一个人来到此地谋生。他认为,裴小姐忧郁的性情已经将她变得像雪花一样娇嫩，他生怕贸然动问会将她吓住。

吞下那块冰凉的煮白薯,熊阔海赞叹了一声好甜。不用去看，他便能知道裴小姐此时的脸上必定会因为这一声赞叹而现出温润如玉的光彩。这是她心情开朗时最美丽的模样,接下来她便应该会问他晚上几点钟回家了。其实,给他当晚餐的那块玉米饼她已经帮他买回来了，她问他几点钟回家,只是想知道在她出门上夜班之前能不能再见到他。

他将剩下的食物和那个漂亮的石榴分别包好,用麻绳吊在房梁上。一整天不在家,他担心猖狂的老鼠会吃光他的晚餐。然后他道:好啦,你快回去睡觉吧,累了一夜,还得帮我买饭,辛苦你了。说着话他穿上大衣便往外走,而裴小姐则将双手扭在身前,蓝土布的棉袍下摆一晃一晃的,口中问:你今晚几点钟回家?

他真的很想满足她的愿望,早些回来见她一面,但是他从来也不知道自己什么时候才能回家，尤其是今天他更不知道——因为他今天是要去计划杀人的。

刚刚走出大门，熊阔海便发觉身上这件驼呢大衣已经对付不了今年的冬天，冷风正在穿透旧呢绒稀疏的经纬，溜进他的怀里。在去年的这个时候他曾下决心改穿暖和的中式棉袍，然而不行，出入情报俱乐部他必须穿体面的西式服装。同时，他也确实没有闲钱为自己添置新大衣，虽然老于临走时给他留下了1000元联银券，但那是让他用来杀人的经费，挪用不得。

顶风走过黄家花园铁桥，又向南走了一段，他便向西拐上了伦敦道。马尔林斯基咖啡馆在伦敦道的另一头，是个会员制的俱乐部——远东情报俱乐部，各国间谍在中国北方的大本营。

他的目标小泉敬二深知自己杀害了太多的抗日分子和各国间谍，知道想要找他报仇的敌人必定不止中国人，一定还有苏联人、英国人，甚至左倾的日本人，于是，他一直在很小心地保护自己，每逢出入都带着整车的武装士兵。不过，熊阔海明白，如果要想得知小泉敬二的确切行踪，在情报俱乐部里应该能找到办法，因为，小泉敬二的身边不会没有竞争对手，而陷害同伴以求进身之阶的手段，则是日本武士自桃山时期便形成的秘密传统，所以，一旦知道有人要杀他，小泉敬二的“伙伴们”是必定要将杀掉他的机会拿出来卖的。

根据前一段他为老于的“砍头行动”搜集的资料显示，小泉敬二年轻时就学于日本东京警务学校，1915年毕业后并没有立即参加公务员考试，而是独自前往中国游历。有人说，他很早便是日本最大的政治势力黑龙会的成员，派他前往中国的目的，是研究中国的地方帮会对政府官员的影响和中国军队哗变的基本模式。1925年回国后，他加入了陆军警务署计划调查课，专门调查日本共产党和左派人士的活动。1934年他被调往伪满洲国，任警务署署长，负责镇压“反满抗日分子”。1940年初，不知什么缘故他被降级调来天津，担任日军华北司令部特别事务高级调查课课长，专门负责镇压本地日益活跃的抗日分子。

据说，小泉敬二游历中国的时候，在天津和上海待的时间最长，结交了许多中国帮会人物。这次他到天津之后，利用帮会中的汉奸替他做眼线，大肆捕杀抗日人士，中共地下党组织每个月都有同志牺牲在他手里。为此，日军参谋总部前不久下令，要将他升调至抗日活动同样活跃的上海，打算利用他的特长安定那边的局势。

也就在这个时候，老于接到了从根据地传来的上级命令，要求本地党组织不惜一切代价除掉小泉敬二，不能让他前往上海破坏那边的抗日组织。

一周前，党组织招集会议研究行动方案，当即便有人提出，要用最简便可靠的方法，力求一击必中。而这个最简便可靠的方法，便是派熊阔海的弟弟暗藏手榴弹在身边，找机会当面炸死小泉敬二。这个建议受到了一致的欢呼，而熊阔海则提出了反对意见，他说，我弟弟在伪市政府里当日文翻译，确实有可能接近小泉敬二，但是大家想过没有，为了除掉一个敌人，我们是不是有必要同时搭上一条甚至几条革命同志的性命？

方才还在欢呼的同志们此刻都静下来听他讲话，他接着道：抗日也好，革命也好，打江山坐天下也好，讲求的不单单是毁家纾难，或者舍生取义，真正的革命者应该像山西财主一样精于计算，看看我们投资多少、收益多少，看看我们付出的代价与得到的回报是否相当。

听到这话，同志们的脸色便有些难看起来，但他没有理会这些，而是继续他的演讲：现在我们派一位革命同志前去舍身刺杀小泉敬二，这位同志必然是要牺牲的，但我们为什么不能费心想一想，有没有不损失革命力量又能达到革命目的的方法呢？

下边有同志问：如果我们不使用这个办法，你难道还有更好的办法吗？

有，如果我们掌握了目标的行动规律，再设法接近他的汽车，我们就可以在汽车上安装炸弹，也可以在半路上伏击他。其实，要刺杀一个目标的方法有很多，不一定非得牺牲我弟弟。

有同志问他，根据你提供的情报，小泉敬二的调令已经下达，如果采用你的方案，你能保证在他动身之前完成任务吗？接着又有同志问他，如果你的刺杀方案不成功，反而惊动了敌人，他就此躲起来不出门怎么办……

同志们的讨论渐渐集中起来，开始批评熊阔海明显的胆怯和对革命工作不负责任的推诿。这时，主持会议的上级领导站出来为熊阔海打圆场，他道：熊阔海这种爱惜革命同志的生命和对待工作的慎重态度是值得我们学习的，但是，我们不能将这次行动仅仅看成是一个简单的刺杀行动，而忽略了唤醒全国民众的抗日需要，如果熊阔海同志的弟弟在这次行动中牺牲了，他便是用自己的生命来唤醒民众的抗日英雄，这样一来，他的牺牲便等于吹响了全国民众奋起抗战的号角……

于是，会议通过了由熊阔海的弟弟实施刺杀行动的决议，而熊阔海却发现，此时他已经被同志们误会为是一个阻碍弟弟舍生取义的自私的兄长，而非一名革命斗士。他清楚地知道，同志们对“砍头行动”所能产生的抗日效果已经考虑得非常周全，而且这个方案也切实可行，更重要的是，他的弟弟愿意做出牺牲。为此，他并没有埋怨同志们不理解他，因为他在内心深处确实感到过胆怯，惧怕弟弟就此牺牲。

两天前，他从马尔林斯基咖啡馆买到了小泉敬二即将前往伪警察局训话的情报，并迅速传送给了老于。不幸的是，他的弟弟没能完成任务。现在，他的建议被组织上重新提出来，并且获得了全体同志的支持，新的行动将由他全权负责。于是，他认为自己又犯下了一个比阻碍弟弟舍生取义更严重的错误，他欺骗了党组织，因为他根本就没有任何具体的行动方案。

3

熊阔海坐在马尔林斯基咖啡馆里，口袋中只揣着1000元联银券，感觉自己很像是个乞丐。

自从一年前他来到这里，各国间谍就一直在用一种客气得近乎轻蔑的态度对待他，除非他正式提出要求，否则没有人会主动与他交易。最初他并不明白这是怎么一回事，后来才听说，这里的人们一直在用他的前任与他做比较。他的前任是位银行家的儿子，一个风流倜傥的时代宠儿，在这里挥霍掉了自己的全部财产，并且取得了非凡的成功。熊阔海知道，在这一点上他永远无法与前任相比，因为他虽然出身富有，但现在太穷了。

马尔林斯基咖啡馆的经理，远东情报俱乐部管理委员会的秘书别斯土舍夫亲自将熊阔海的咖啡送了过来。他轻巧地俯下巨人般的身体，脸上堆满笑意，但眼睛却冰冷得吓人，口中道：您是一个受人尊敬的团体的代表，同时，我们也愿意相信您是一位值得信任的绅士，现在离新年还有不到一个月的时间,您明年的会费想必已经准备好了吧?

然而,熊阔海并没有准备好。正常情况下,人们在情报俱乐部里做的应该是一桩非常赢利的生意，这也就是为什么会有好几百名世界各国自行开业的“职业间谍”常年聚集于此的原因。他们不领政府薪水,全凭倒卖情报过日子,即使没能发财,至少也可以让他们交得起这里昂贵的会费,同时还能在租界中生活得体面。但是，熊阔海做的交易太少了,而且多半是买而不是卖,所以,他非但挣不上利润,甚至连生活费都很难维持。

别斯土舍夫讲完那番故意伤人的话便离开了,熊阔海拿起银茶勺慢慢地搅动浮着厚厚一层咖啡油的摩洛哥咖啡,心中很痛苦。在这里工作,即使是这样一杯咖啡也已经成为他沉重的经济负担,更何况他还要面对所有人的势利眼。

但是,他现在没有心思去生别斯土舍夫的闲气,那个家伙是他前任的好朋友，从一见面便对他表现出了明显的敌意。他现在需要做的是怎样才能既不让间谍们猜透他的用意,又不用花费大价钱便买到有关小泉敬二的情报。如果他的真实目的被对方看透了,那么,这些“有奶便是娘”的家伙不但会向他漫天要价，更可恨的是他们还会将他的真实意图再高价卖给日本人。

这时,一位眉目如画,皮肤细腻得会让少女妒忌的小个子男人坐到了他的桌边。熊阔海认得此人，也与他做过交易，他是国民党派驻在情报俱乐部的代表，是位有着少将军衔的高级间谍，名叫杨小菊。

杨小菊用长长的象牙烟嘴在桌上点了点，便有白俄侍者飞也似的给他送来了咖啡、小杯白兰地和糕点。他将白兰地倒进咖啡中，又将精致的糕点向熊阔海推了推，这才开口道：你弟弟的事很让人同情，请接受我的哀悼。

熊阔海点了点头，没有讲话。眼前这个长得像玩具娃娃的家伙是俱乐部里最有势力的间谍之一，不会平白无故坐到他的桌边来，所以，他必须为自己找到一个恰当的“身份”和相应的态度，以免在随后的交锋中落了下风。他知道，职业间谍的生活就是一出没完没了的戏剧，参与者必须不断地修正自己的身份，好去适应各种各样的新角色，但他不喜欢这种生活，因为他只喜欢“扮演”自己。

杨小菊笑得很精致，说：我本不想来打扰您，但我从心底敬佩您弟弟的勇气，所以，作为相互合作共同抗日的两大政党的代表，我很想为您正在谋划的工作略尽绵薄之力。熊阔海也在脸上现出精致的笑意，但还是没有开口，杨小菊接着道，那些厚颜无耻的日本人已经放出话来，他们希望在最近这一个月里，俱乐部里的任何人都不要与您做交易，也就是说，您在这里再也不可能买到有关小泉敬二的任何情报，除非您肯花费超出常规的大价钱，或者您能像您的前任那样有着非凡的个人魅力，扭转这个不利的局面，只是……

杨小菊没有将下半截话讲出来，但熊阔海知道他要说的是他根本就没有财力出那个大价钱，更何况，在这样一个日本人公开挑战的危险时刻，即使有间谍肯与他交易，卖给他的也多半会是将他引向歧途的假情报。他清楚地知道，日本人一直是远东情报俱乐部中最险恶的势力，自从“七七事变”之后，他们便越发地粗鲁起来。

于是，熊阔海故意否认杨小菊的猜测，以激励他的谈兴。他笑道：虽说小泉敬二已经把自己吓成了惊弓之鸟，但你怎么也会误信传言？实话告诉你，我本人对他毫无兴趣。

杨小菊闻听此言一下子大笑起来，露出两排洁白细密的小牙，说道：这里所有的人都知道你正在计划暗杀小泉敬二，连小泉敬二自己也清楚得很，所以才派人放出话来禁止间谍们卖情报给你。然后他压低声音道，形势对你很不利呀老弟！如今在这块弹丸之地上，只有我还有胆量帮助你，除此之外再没有第二个人。

那么你能帮助我什么？当然是情报，而且不用你花钱。什么情报？小泉敬二会在什么时间出现在什么地点的情报。比如说？比如说，日本居留民团会在小泉敬二离开本地之前给他举办一个大型欢送会。时间地点？所以我们才要合作嘛。那么你想从我这里得到什么东西作为交换？一个人。什么人？一个女人。什么女人？

杨小菊故意让熊阔海的最后一个问题危险地悬在半空中，他自己则跷着小指上的翠玉指环，端起咖啡杯慢慢啜饮,瓷器般漂亮的小脸上流动着得意的珠光。熊阔海也端起咖啡杯,目光微垂,观察杨小菊搭在白亚麻桌布上的另一只手。这只手的拇指和食指正轻巧地捏着象牙烟嘴,香烟上结着长长的烟灰,一派意态娴雅的样子,但是,他最终还是发现了杨小菊那根蜷缩在手掌心里的无名指正在神经质地抓搔着桌布。这是他在与杨小菊的历次交易中发现的规律,一旦杨小菊急切地想达成交易的时候，他平素遮掩周全的身体上总会有一两处细节显露出不同寻常。也正因为掌握了对手的这个弱点，他认为自己在以往的交易中总能在最后关头占些便宜——他这是将年轻时推牌九赌钱的经验运用到了革命工作中,而且很有成效。

杨小菊喝光咖啡,连同熊阔海的账也一起付了,并且在侍者的银托盘里留下了丰厚的小费,然后笑道:您猜想的不错,也不要舍不得,我想要的女人正是裴小姐。我们知道她不是贵党党员,你们的组织对她没有任何约束力,但是,在她的问题上我们还是很尊重您的意见,因为,她毕竟是您的情人。

裴小姐不是我的情人。熊阔海回答得斩钉截铁。

随便您怎么说,但小泉敬二很快就要南下了,请您抓紧时间考虑我的建议,我等待着您的好消息。说话间他又将糕点向熊阔海推了推说，这是我送给您女儿的，听说她吃得很差，住在地下室里又很冷，长此以往会营养不良的。

该死的，熊阔海不禁大怒。既然安德森和杨小菊已经清楚地知道了他妻女的秘密，那么，日本人和中共党组织早晚也会了解这一切。这就是作为半公开身份的间谍的难处，你的对手总会有办法弄清楚你所有的秘密。

在刺杀小泉敬二这件事上，杨小菊的行为并没有出乎熊阔海的意料，因为，在小泉敬二抓捕、杀害的抗日分子当中，国民党的人员要比共产党的同志多很多。杨小菊此前也必定是接到了上司的命令，不能让小泉敬二到上海去，只是，这个有洁癖的家伙不想自己动手。

他心中非常清楚，杨小菊不肯亲自动手的原因，是他惧怕日本人对他个人进行报复。通常情况下，如果仅仅是联手除掉日本侵略者这么简单的一件事，他会很高兴并且很小心地与杨小菊合作，但是，杨小菊却借此机会要挟他交出裴小姐，这便将他激怒了。于是，他明确地拒绝了杨小菊提出的要求：对不起，您想瞎了心啦。

其实，有关裴小姐的事，杨小菊已经不是第一次提起。他需要的是裴小姐话务员的工作所具有的情报价值，更重要的是，裴小姐精通日语，可以监听日本人的电话。很长时间以来，杨小菊一直在想办法往电话局中安插自己的内线，但都没能成功。管理电话局的英国人对此事防范得极严，所以，发展裴小姐作为他们的内线应该是最便利的选择。然而，熊阔海绝不会让他这样做，因为，连熊阔海自己也不曾利用过裴小姐，他不想让她陷入这种可怕的生活中。

现在，情报俱乐部的消息来源被断绝了，而杨小菊提出的无理要求也不能接受，所以，要想找到小泉敬二的行踪就只能自己动手。

老于听他汇报过新情况之后，对他的想法很支持，说他会让所有的同志都带上小泉敬二的照片出去侦察，要不惜一切代价找到那家伙的行踪。

看来，组织上的同志们并没有因为不得不启用他的方案而感到不快，在这一点上熊阔海感到很宽慰，这才是真正的理想主义者和真正的革命者应有的胸怀。然而，他又确实不喜欢老于的那个“不惜一切代价”的说法，但是他知道，此时绝不能重弹那个“珍惜生命”的老调了，便对组织上提出了另外一个请求。

他道：现在我们即使发现了小泉敬二的行踪，也已经很难接近他了。老于点头称是，且在脸上露出惭愧之色。他又道：所以，我需要一挺轻机枪，这样一来，一旦找准目标，我就可以远距离将他射杀。

4

熊阔海忙了一整天，回到公寓已经深夜了。俄国老太太用英语、俄语、法语，外加他听不懂的汉语不住地抱怨，说他只交那么点房钱，还不肯包伙食，却让她每天深夜都得从床上爬起来给他开门，实在是不通情理。

他打开阁楼的木板门，看见硕大的老鼠吱吱叫着四下里逃散了，吊在房梁上的糕点倒是安然无恙，只是拴着晚饭的麻绳被老鼠咬断后落在了地上，手巾包被咬了个洞，玉米面饼子也被啃掉了一块。

搓干净被老鼠啃过的缺口，他将饼子咬在口中，立时便嗅到了玉米面那股特有的甜香。他一边匆忙地吞咽，一边从衣袋中掏出大大小小的碎纸片，然后费力地将它们分类，拼接，组成六幅用铅笔画就的简单地图。

今早他从家中出来后，先是将刻好的蜡版给负责印刷的同志送去，并且请那位同志替他找一个报童帮忙，到日租界去买近半个月来的《京津日日新闻》和《华北经济新闻》等日文报刊，以及汉奸们创办的《天津日日新闻》《东亚晨报》和《中美晚报》等中文报纸，并且留下了3元钱。要想找到小泉敬二的行踪，不能单指望马尔林斯基咖啡馆这一条路，况且，在设计刺杀行动的时候，这些日本人的报纸也必定会给他提供一些有用的背景情报。

等到他手里拎着杨小菊已经付过账的糕点，与老于分手后来到约定地点的时候，他看到一个头戴肮脏红毛线帽的小男孩正在那里等他。那孩子看上去也就十二三岁，两条黄鼻涕在唇上进进出出，鼻子两侧结起了蝴蝶样的厚痂，破棉袄的袖头晶亮，赤脚穿着一双肥大破旧的黄皮鞋。

今天报上有"爬灰"的案子吗？熊阔海用通常的暗号与他接头。那报童双眼一翻，目光凌厉，完全不是儿童的眼神，口中骂道：要是天天"爬灰"，当公公的还不都成老混蛋啦……

见暗号正确无误，报童从帆布袋中掏出一大沓报纸、杂志交给他，并且将找回来的零钱也还给了他，但是，这男孩的目光却一直也没离开他手中装糕点的纸盒。

熊阔海没有给他吃那两块昂贵的糕点，而是给了他一角钱，让他去华界喝一大碗热乎乎的羊杂汤，再吃两块红薯面的饼子。见那孩子接过钱欢天喜地地去了，熊阔海不禁叹了一口气，他的女儿与这孩子的年龄差不多。

中午回到公寓，他犹豫了好一阵子，这才去敲旁边那间由厕所改成的小房间。裴小姐显然正在睡觉，隔着房门说她马上就过来，然后他便听到她冲下楼去洗漱的声音，不一会儿她便神态拘谨，头发一丝不乱地出现在他面前。

熊阔海抢先说我已经吃过午饭了，便将一块敷了一英寸厚的鲜奶油，上边还顶着半颗红樱桃的蛋糕送到她面前，然后才把装着另外一块蛋糕的纸盒用麻绳吊在房梁上。

他读中文报纸，裴小姐一边用调羹小口地吃蛋糕，一边细读日文报纸。两种文字的报纸上都有小泉敬二的消息，但都是事后报道，没有利用价值。

吃过蛋糕，裴小姐下楼去找俄国老太太借了一点茶叶，沏了一壶茶上来，又从自己房中拿来两只干净的茶杯，说咱们既没有牛奶也没有砂糖，但俄国红茶还是不错的。然后，她才说到正题：这小泉敬二是个坏人，好像干过不少坏事。

熊阔海不可能告诉她自己要杀人，也不可能告诉她自己的真实身份。在以往的日子里，他只让她知道自己是一个靠翻译英文小说维持生活的失业者。

这时，裴小姐的目光出人意料地向他一闪，居然像绣花针般锋利。她问：你找这个日本坏人，是想投靠他当汉奸，还是你原本就是个抗日分子？于是，熊阔海又发觉自己严重低估了裴小姐的智力，以往他只当她是一个惹人怜惜的女子，却没有考虑到她毕竟是一个明理的知识女性，便含混道：我绝不会当汉奸，但除此之外的事情你还是不知道的好。

裴小姐收起目光，垂下长长的睫毛，但还是提出了最后一个问题：如果你是抗日分子，那么，你是国民党还是共产党？熊阔海只好坦率地讲出他对自己的评价而不是他的身份：其实我什么都不是。

熊阔海不愿意将裴小姐的这种探询，以及她以往多次小心翼翼的探询当成是一个单身女子对一个单身男人产生了兴趣，他坚持认为自己对她的关心并没有任何情爱意味，而仅仅是因为心底有那么一丝酸楚的怜惜，让他不由自主地产生了关爱她、保护她的豪情。他认为这是一位绅士对一位淑女，或者是一个大男人对一个小女子应有的态度，不如此便是粗鲁和缺乏教养。

他们的这一番接近于真相的对话到此告一段落，此后二人各自研究报刊，偶有交流，也只是关于小泉敬二的内容。最后，裴小姐终于在一份名叫《支研物价周报》的补白上，找到了日租界管理机构居留民团即将向安定地方秩序有功的小泉敬二赠送锦旗的消息。这个赠旗仪式同时也是欢送小泉敬二荣升的欢送会，地点在日侨俱乐部。这条消息证实了杨小菊提供的情报，但文中并没有透露举办欢送会的确切时间。

裴小姐轻蹙眉头，用牙齿咬住丰润的下唇，思索了半晌方道：这会不会是日本人专门放出来的假消息？好让你找不到他，或是故意让你找错地方？

看来裴小姐已经认清他是抗日分子，熊阔海也就不再过多地掩饰，便道：你的分析很有道理，不过，日本人傲慢得很，他们认为中国人不会聪明到来研究他们的经济小报，所以，这条消息很有价值。

裴小姐又道：除了读报，我还能做些什么？只要能帮到你，我什么事都愿意做。熊阔海猛烈地摇头：不行，这件事你还是忘了吧。

大大出乎熊阔海意料的是，裴小姐从棉袍中摸出一张名片送到他的手上，并且有意让他清楚地感觉到她指尖上流露出来的气血不周的冰凉。

这张雕版印刷的名片精美绝伦，上边有手书的“杨小菊”三个字，在名片的背面用自来水笔写着两个电话号码，都是日租界的局号。裴小姐向他解释说：这第一个号码是日军华北司令部新近增加的一个电话，如果这台电话只在日军内部或与宪兵队通话，用的就会是他们自己的电话网，不会通过电话局；但是，如果它向外打电话，哪怕是打到日租界警察局，就必须通过我们总机。这第二个号码是日租界一处私宅的号码，昨天夜里没有通话，我还不知道主人是谁。

这张名片是从哪来的？熊阔海不禁忧心如焚。

她道：就是这位杨先生让我转交给你的，他说，如果你不能杀死那个日本人，你自己就会被许多人追杀。我不想让你被人追杀,我要你好好活着。

熊阔海清楚地看到,裴小姐终于放松了长期处在严密控制之下的表情,让泪水自由自在地流了下来,但他不得不摇头,再摇头,说:你不能参与这件事。

裴小姐也在摇头,坚持问道:我只想让你告诉我一件事,你到底是国民党还是共产党?

熊阔海坚持道:我不能对你说任何事,你知道得越多,烦恼也就越多,神经衰弱的病症也就更重了。他此时才突然意识到,裴小姐的性格其实并不像他原本以为的那样柔顺,她身上有一股难缠的执拗劲儿。

那么你只告诉我一件事好吗?那位杨先生是国民党还是共产党? 裴小姐的语调轻柔到极处,但仍然在追问。他是国民党。熊阔海最终还是说了实话,他以为只有实话才能劝阻住她。

闻听此言,裴小姐的表情好像发现了宝藏似的,一下子变得光彩照人,腮上的泪珠也仿佛笑了起来:这下子我就放心了,怪不得杨先生说你是他的竞争对手,原来你是共产党,其实,我哥哥也是共产党。

熊阔海警觉道:那么,请问你是谁?

裴小姐接下来的讲述,着实出乎熊阔海的意料。她说:我哥哥两年前在北京被日本人杀害了,我只好一个人逃到这里,不敢与家里联系,也不知道他们的情况。我在这里生活得很不好，心中很苦，几乎就要发疯了，幸好去年你搬到这里来住，我的心情才慢慢好起来。你别介意我刚才说你要当汉奸，我是想逼你讲出实话来。如果连你都对我没有真心话，那我就再也没有什么可指望的了……

熊阔海说：所以……

裴小姐说：我不能让你像我哥哥那样被杀，所以，我要帮助你做成这件事。熊阔海不得不再次拒绝：你的精神状况，还有你的性格都不适合做抗日工作。

裴小姐的脸上出人意料地现出几分顽皮，让熊阔海感觉很陌生。她笑道：怪不得你像养小鸡一样护着我，原来你一直在小瞧我，但是，你怎么就知道我成不了抗日分子……

5

在熊阔海完全没有准备的情况下，他与裴小姐各自坦白了真实的身份。虽然他在情报俱乐部里是半公开的共产党人，但组织上绝不会允许他将身份暴露给像裴小姐这样的普通民众。他知道自己又一次违反了组织纪律，同时也发觉自己与裴小姐的关系因为此事一下子被拉得很近，而此刻在裴小姐身上猛然迸发出来的亲近姿态，又让他感觉陌生，不知所措。

就在裴小姐浑身上下飞扬着惊人的热情，四处张罗着烧热水，要亲自动手替他洗头、刮脸的时候，他匆忙换上一件旧棉袍，抓起老于早晨遗留在这里的剃头匠的褡裢和唤头便出门了。

裴小姐并没有拦阻他，而是小鸟般温顺地将他送到大门口，在俄国老太太惊异的目光注视下与他挥手道别，并且高声问：你今晚几点钟回家？

闻听这句好似贤德妻子送丈夫出门的温柔话语，熊阔海感觉自己很像是一个不负责任的浪子。事情怎么会变成这个样子？他很是生自己的气，更生杨小菊的气，这个国民党的高级特务为了达到目的从来都是不择手段，见他不肯合作，便硬生生将裴小姐拉进这桩麻烦事中来。这样一来，杨小菊既可以达到让熊阔海替他刺杀小泉敬二的目的，又能借此机会与裴小姐熟识起来，为日后拉裴小姐替他工作做好铺垫。

不过，熊阔海还是公允地承认，杨小菊向他提供的情报和裴小姐在《支研物价周报》上发现的线索相互印证，应该能证实小泉敬二欢送会的确切地点就是日侨俱乐部。他没有坐车，也没有胆大到划动唤头招揽剃头的生意，因为他根本就不会剃头，而是悄悄地步行走出英租界，穿过法租界，进入了日租界。

他下午的奔走收获极大，在他穿过日军检查岗时不得不撕碎的六幅地图当中，有几张是日侨俱乐部的布局图和位置图，另外几张是他刚刚选中的射击点的位置图和撤退路线图。

天津是座依河而建的城市，海河自西北向东南穿过市区，但这条河并不直行，而是在市区里弯了一个肥胖的“肚子”。这个“肚子”从上游往下，过了金汤桥不久便开始向西南凸起，流经日租界时便到达了“肚子”的顶端，然后画出一个弧形收缩到下腹部，恰好流至法租界。而这一带河岸的对面是意大利租界。

日侨俱乐部就建在这个“肚子”的顶端，日租界河岸上的山口街和日本机关、洋行林立的宫岛街的街角上，是座二层小楼，却有个占四五亩地的大院子。让熊阔海感到庆幸的是，俱乐部建成的时间不长，院子里的植物都很矮小，周围也只有一道不足两米高的围墙，如果从远处向院内射击，除去围墙之外不会遇到太多的障碍物。

捷克产的ZB26型轻机枪的有效射程是1000米，为了提高射击的精确度，同时还要让子弹越过日侨俱乐部的围墙，更重要的是要保证枪手在行动之后能安全撤离，所以，他必须选择一处距离在200米到400米之间的居高临下的射击点。

然而，能满足这些条件的地方很少。最有利的射击点应该在河对岸，最好是在回力球场的顶楼上。站在回力球场的四楼向西望去，熊阔海能够将日租界河岸上的情形一览无余，目测距离应该有400米多一点。在这个距离之内，如果给捷克轻机枪临时加装一只5倍率的狙击瞄准镜，他能够清楚地瞄准。

然而，他最终还是否定了这个选择，第一个原因是回力球场本身是一座大赌场，每日来来往往的赌徒品流混杂，很难保证不被人发现；第二个原因是意大利人与日本人关系密切，一旦他们实施刺杀行动，不论成功与否，意大利人都会配合日本人封闭整个意租界，到那个时候，即使他事先在此地安排好隐蔽处所，也很难逃脱敌人挨门挨户的搜捕。

既然在意租界行动都不安全，自然也就用不着考虑日租界了。在熊阔海几乎快将脚上那双旧英国皮鞋走到开线的时候，他终于在法租界找到了一处射击点。这个地点比意租界的回力球场差很多，但他认为，这是这次行动中唯一可能会让同志们全身而退的地点。他厌恶“不惜一切代价”。

虽然找到了射击点，但他不知道老于是不是真的能给他弄来一挺轻机枪。英法租界外边乃至整个华北地区都是日军占领区，在每一条进入租界的通道上，日军都派了重兵严加把守，对过往的行人、货物进行仔细搜查，而一挺ZB26型轻机枪长一米二，加上弹药得有二十多斤重，要想带着这么笨重的家伙偷偷溜进租界里来，几乎就是不可能的事。

于是，他开始怀疑自己向老于提出这样的要求，是不是在有意为难上级领导，是不是自己到底还是害怕了，胆小了，想借着这个由头退缩下来，制造困难以逃避责任。然而，到目前为止，除去用轻机枪远距离射杀，他和他的上级领导，以及众多的革命同志们还都没有想出更好的办法来，从这一点上来看，他这又不是胆怯，而应该被认为是在积极主动地发挥创造性的想象力。

该死的。他一时也无法弄清楚自己的真实想法，便决定把手里的工作放一放，出去走一走。他希望回来后能有一个真正的好心情，为自己面对的难题找到更好的解决办法，因为，除了选择刺杀的方式之外，他还有一个更重要也更为难的问题一直无法解决——怎样才能得知小泉敬二出现在日侨俱乐部的确切时间。

熊阔海租住在公寓楼顶上的阁楼里，老虎窗外的瓦顶虽然不算太陡，但也很危险。从老虎窗里爬出来，他沿着瓦顶来到屋角，砖砌的烟囱上有一根他事先系在那里的粗麻绳，三米多长，每半米结了一只拳头大小的绳结。他早早安排下这么一个安全措施，等万一发生危险时，便能给自己带来一线生机。

他伏在房檐上向下细看，发现公寓里所有的窗子都没有灯光，这才拉着绳子溜下檐角，然后伸出双脚勾住排水管，再沿着排水管小心翼翼地下到地面。他选择这样一种方式在深夜中出门，并不是因为惧怕俄国老太太的恶言恶语，也不是为了避开他的对手，而是担心他的上级领导在公寓里安排了隐姓埋名的革命同志，以便就近保护他的生命安全。作为一个革命者，虽说应该是对党无话不谈，但是，熊阔海发觉自己身上存在着太多的缺陷和秘密，让他一时无法做到这一点。

爱丁堡道25号的地下室有两扇狭窄的小窗子，露出地面一尺左右。熊阔海见楼上楼下都已熄灯，便将街边的垃圾箱推到窗前，然后他在垃圾箱和地下室的小窗子之间趴下来，伸出手指轻轻地敲击窗上的玻璃。

窗子打开来，里边露出一张尖尖的小脸儿，是他的女儿。女儿道，爸爸，我害怕，妈妈今天又不好受。他忙问，现在怎么样了？女儿道，难受了两天，刚才睡下，您让她接着睡行吗？

熊阔海把裴小姐送给他的漂亮的石榴和杨小菊付过账的蛋糕送过去，女儿立刻绽放出天使般美丽的笑脸，以至于干涩的皮肤上堆满了因营养不良而造成的皱纹。她打开纸盒，伸出食指挖了一指头奶油放在嘴里，然后便将纸盒和石榴放在窗台上，用一只手小心地护持着，口中道，妈妈的药用完了。

熊阔海忙问，妈妈还是经常发病？女儿说，每天都发，我怕得要命，您说妈妈会不会死？他只好说，妈妈不会死的，不会的。女儿说，您总说妈妈不会死，但妈妈不信，她让我问您，万一她死了，我到哪去找您？

熊阔海早就担心他太太会死在心脏病上，但是他没有办法，他唯一能做的就是将她们母女隐藏在大城市里，因为，只有在这里才能买到救治他太太的“Ⅲ硝酸甘油”。他从衣袋里掏出3元钱交给女儿，这是她们母女半个月的生活费。给了她们这笔钱之后，他的衣袋里就只剩下几枚叮当作响的铜圆了。

您明天还来吗？女儿问得很委婉，因为他没给她买药的钱。罢了，罢了！熊阔海从贴身的衣袋里掏出老于给他的活动经费，给了女儿20元，同时说道，还是到中西大药房找上次那位药剂师，他是个好人，一定会给你真药。停了一下他又说，路有点远，你去的时候一定要当心电车和汽车。女儿一边仔细地把钱掖在怀里，一边说，我走人行道。

刚刚才十二岁的女儿就不得不看护病重的妈妈，还要管理家务，熊阔海为此很难过。看着女儿关好窗子，他将垃圾箱推回原处，这才往回走。但没走出多远他便注意到，街道的两侧有两伙人在远远地跟着他。他相信这一定是安德森和杨小菊的手下，他们在监视他的太太和女儿，怕他偷偷地将她们转移，让他们失去要挟他的筹码。照眼前的情形看，日本人找到她们母女也应该是早晚的事情，为了推迟这个危险的局面出现，在完成任务之前他不应该再到这里来了。

6

转过天来一大早,熊阔海来到了他选定的射击点——巴尔扎克公寓，坐进公寓对面一处摊煎饼外加代售俄式红肠三明治的小吃铺里。他先给自己盛了一大碗免费的高粱米汤,告诉老板等润开胃口再决定吃什么。当他喝到第三碗清汤寡水的米汤时,便望见安德森陪着一名法国巡捕来了。那名法国巡捕一挥手,跟在后边的安南巡捕便冲进公寓,不一会儿就绑了一名哇哇大叫的白俄回到街上，然后风一般地去了。

熊阔海对小吃铺老板说,对面像是有空房了,我得去看一眼。他忙不迭地冲进对面楼中,租下了被捕的白俄刚刚腾空的那间阁楼。

这是一座四层的公寓楼,顶上的阁楼原是留着通风隔热的,但自从“七七事变”之后,沦陷区的中国人大量拥入租界,一时间人满为患,不要说是阁楼,就算是楼梯底下也有人出钱租住。如今,像熊阔海这样仗着巡捕帮忙,利用抓捕原房主的办法替自己腾房子的“规矩人”到处都是,所以,公寓里的二房东和房客都不以为怪,只是有几个毒品贩子模样的家伙将手插在鼓鼓的腰间,横着眼睛盯住他,不是好神气。

从阁楼的老虎窗向外望去,宽阔的河景一览无余。巴尔扎克公寓坐落在法租界与日租界交界的秋山街、法租界斜向里插过来的海大道和沿河的河坝路交汇处的尖角上,从东南向西北望去,东河岸意租界的突出部分并没有挡住他的视线,他可以直接望见日租界山口街河岸。只是,熊阔海的眼病很严重,视力不佳,只这样望出去,他无法判断从这个位置是否能很顺畅地将子弹射到日侨俱乐部的小楼门前。

这间阁楼像任何一处白俄的房间一样,弥漫着一股子过熟的卷心菜味道,床下、墙角到处堆满了空烧酒瓶子,门后堆放着两纸箱日本肥皂和一大捆苏联毛毯。矮个子比利时二房东必定是被方才的阵势吓怕了,点头哈腰地进门来,张罗着搬运俄国人的东西,同时用本地土语巴结道:您老人家想用嘛开心解闷的玩意儿只管吩咐下来,除去大烟泡得现烧,添火、要俄国妞儿都方便得很。熊阔海说他需要一张结实的八仙桌。不一会儿,二房东便搬了一张粗笨的榆木方桌上楼来,桌上一路往地上散落着麻将牌,后边还有人一路在骂。

于是，熊阔海故意将自己装扮成那种心黑手狠，表面上却又斯文有礼的罪犯模样，用手臂半威胁地搂着二房东往门外送，口中却客客气气地与他商量：明天我过来给门上换把锁，其实换不换的也没大用，但是有一节，从现在开始，你不许再踏进这个房门一步。比利时人眨巴着眼睛悄声道：您老人家甭管做哪路活儿，我都能帮您把风、看线、听消息，但有一件事求您老高抬贵手，您要是万一收不上钱来非得"撕票"不可，这门外边就是大河，可不许像上回那个混蛋那样把死人砌在墙里，臭了我们一年多。熊阔海用力拍了拍他的肩膀笑道：放心，往河里扔死人时我还得让你搭把手不是？

熊阔海认为巴尔扎克公寓的环境并不理想，这里是日租界和法租界的临界区，又靠近河岸码头，公寓里住的多半都是各类罪犯，而且房租奇贵，不过，这种复杂的环境也有它的好处，那就是不管房客的行迹多么可疑，也绝不会显得刺眼。

这时，安德森推门进来，将手中的两只牛皮盒子往八仙桌上一放，大大咧咧地说，东西都给你借来了，能不能干成就全看你的啦。他又走到窗口向远处望了望，说，这距离可不近哪。

昨天晚上回家之前，熊阔海先去见了安德森一面，安排了今天早上抓人、腾房子的事，然后又让他去帮忙借两样东西。安德森既然要逼着他刺杀小泉敬二，自然也该出面做些力所能及的事情。不想，听了熊阔海提出的要求，安德森将两只蓝玻璃球似的大眼睛瞪着滚圆，叫道：在租界里开机关枪，你要疯啊？熊阔海没理会他的惊异，只告诉他距离很远，瞄准镜和望远镜都要高倍率的。

从那精致的小牛皮包面的盒上，熊阔海看出，安德森给他借来的是两样世界一流的好东西——德国耶拿蔡司光学仪器公司的产品。安德森得意道：除了我，小施德士绝不会把他的这些宝贝借给任何人。熊阔海知道，这位小施德士是德国大军火商、禅臣洋行的创办人老施德士的小儿子，现在也住在英租界，是狩猎俱乐部的会员。

小施德士果然是个狂热的狩猎爱好者，他的这只瞄准镜是去年才刚刚上市的奢侈品，高达24倍率，价格能抵得上一辆汽车。熊阔海举起瞄准镜向日租界望去，通过四只旋钮的复杂调节，日侨俱乐部门廊下站立的侍者的大扁脸便突然出现在他的眼前，然而，当他轻轻地咳嗽一声，瞄准镜略微抖动了一下之后，镜头中的人脸便消失了，而且一时间很难再找回来。他知道，这就是瞄准镜的最大缺陷——视场太过狭窄，倍率越高，视场就越狭窄，对准焦距后只要略有移动，目标就会从视场中消失。它的另外一个重大缺陷就是对目标环境的光线要求极高，倍率越高要求的光线越强。他担心的是，如果小泉敬二的欢送会是在晚上举行，他在这么远的距离是无论如何也没法瞄准的,但是,如果欢送会是在白天举行,他们射击后便又很难脱身了。

然而,这一切不利因素都不能对安德森讲,这个家伙是在逼迫他杀人,不会允许他找任何理由退缩的。想到此处,熊阔海反而笑了,从这个角度来考虑,安德森就显得很重要了, 因为, 他发现安德森在后边的整个行动中居然很有用处。

安德森显然发现了他脸上的笑意,便突然大怒道:你一露出这脸坏笑我就知道没好事,可是你别忘了,现在不是咱们上小学的时候,再想让我听凭你使坏,办不到。你的那个混蛋组织里所有的人,你的老婆孩子,还有你的情妇现在都捏在我的手心里,你如果不老老实实地干活,我手上略微使点劲儿……

见安德森毛躁的性格依然没变,熊阔海便用儿时的口吻笑道:你这是又害怕了吧,才吓唬我给自己壮胆。你都三十岁了,怎么还没改了这坏毛病?要是老这么吓唬自己,你妈妈明天早晨还得晒你的尿褥子。

到了这一刻,熊阔海终于想清楚了,杀人的事再没有可推托之处,所以,他的心情反而放松下来,安德森在他眼里也就又变成当年那个身材高大却心眼笨拙的小男孩, 而他自己也在这一刻找回了当年那个机灵百变、调皮捣蛋的小男孩心情。

该死的，这是杀人，不是小男孩淘气。他想迅速打消掉那股猛然涌上心头的玩世不恭的情绪，然而，他最终也没能抑制住脸上的笑意，结果引得安德森大大地发了一番没用的脾气。

7

安德森从殡仪馆借来的这辆西式灵车并不宽敞，后车厢里既没有窗子也没有灯。熊阔海和老于挤在金属棺罩的两侧，侧耳倾听外边的动静。因为一直没有小泉敬二的消息，老于从晚上一见面便愁得不行，熊阔海也无从安慰他，只好相对无语。

他不知道把一辆灵车就这样停在墙子河边会不会太引人注目，万一出了差错，他们就可能与送机枪来的同志错失了见面的机会。但安德森说他这是吃饱了肚子瞎操心，有他亲自开车，别说是辆灵车，就算是拉着一卡车死人停在汇丰银行大门口，也不会有人胆敢问一句。

摸出怀表一看，他发现已经是夜里11点多钟了，外边还没有任何动静。这时，老于终于忍不住开口问道：要是万一找不到那个日本鬼子，不能完成任务，那可怎么办？

熊阔海一直有这样的印象，就是老于这位夜校出身的工人知识分子从来都很自信,甚至有时候自信得有些盲目,但是,这一次他却显得忧心忡忡,这应该与他前一次行动失败有关。他只好安慰老于说,我们一定能完成任务,只是目前遇到了一点小困难罢了。老于说我这一次心里总是不安宁。熊阔海说我设计的方案很安全，参与行动的同志们都能全身而退。老于说我倒不是怕死，能活到今天已经都是赚的了,我发愁的是,要是万一找不到小泉敬二,我可就没脸去见上级领导了。

看到老于这种勇敢得近乎鲁莽的同志居然也担忧成这个样子,熊阔海心中很不好受,于是说,一切都交给我了,你就放心吧！老于隔着金属棺罩紧紧握住他的手,声音居然有些颤抖,说,上级领导已经答应了我的请求,只要能完成这次任务,就调我去根据地,或是上前线打日本鬼子,或是进兵工厂,到时候我一定把你也带过去。熊阔海轻轻抽出被捏痛的手说,我还是留下来继续这里的工作吧。

熊阔海虽然被老于的淳朴和热情感动了,但他最终也没有对老于吐露全部实情。其实,就在今天中午,他已经找到了侦察小泉敬二行踪的办法,但是,这个办法目前还不宜告知老于,因为他担心老于对他的做法会产生误解,而且是像安德森和杨小菊那样让他无法容忍的可耻的误解。

午前他回到家中,发现裴小姐已经将他的阁楼打扫得窗明几净,而且已经洗干净了他换下来的衣服,此时正在楼上兴高采烈地晾晒。一见他回来，她便跑出跑进地张罗热水，然后将他按在凳子上洗头刮脸。这一连串麻利、迅捷的动作和丰富的表情，都让熊阔海以为这是另外一个女子，而不是早先那个病弱、忧郁的女孩子，于是他很担心，担心裴小姐会以为他们是在恋爱，因为，只有爱情的力量才能让一个女子在短时间内彻底改变模样。

裴小姐虽然显得很幸福，但话仍然不多，只是在哄着他大碗喝“杂面汤”的时候，方才告诉他，说杨先生给的那个住宅电话号码，她昨天夜里一直在留意，果然住着一个姓小泉的日本人。

听到这话，熊阔海惊得险些打翻汤碗，忙问：是叫小泉敬二吗？裴小姐笑道：那可不清楚，电话中只听人叫“小泉君”或“小泉先生”，没有人连名带姓地称呼。他又问：电话里都说些什么？裴小姐道：也没什么，就是敷岛料理店的老板娘打电话来感谢他的光顾，再就是日军华北司令部里有人打电话通知他说今天上午参谋长要见他……

熊阔海问：你能听出他是什么人吗？裴小姐却说：他的大阪口音很重，应该是关西人，至于是干什么的还没听出来。讲到这里，裴小姐将话锋一转，说：还有另外一件事，我怕你说我多事，就没敢对你讲。熊阔海立刻做出询问的表情，她便道：因为那位杨小菊先生是你的对头，我昨天夜里也监听了他的电话，但没什么内容，都是他约人打牌，或是他太太与别的太太聊天。

现在,熊阔海知道自己遇到了一个巨大的难题:他该如何对待裴小姐。他想,要不要还像以往那样,假装不知道裴小姐的工作对他很重要?显然不行,因为裴小姐现在可能是他最重要,甚至是唯一的情报来源。那么,向上级党组织汇报,吸收裴小姐进入抗日队伍?他从心底里不愿意这样做,他认为,不论是抗日,还是干革命打江山,那都是男人的事,让女人和孩子跟着一起出生入死,这便违背了中国知识分子应有的“不忍”之心。

最后,还是裴小姐帮助他解决了这个难题,她道:虽然我哥哥是共产党,但我不想加入任何党派,我帮你只是不想看见你发愁,也不想你被人威胁。闻听此言,他立时心中大感宽慰,但裴小姐的下一句话,又将他推入了新的烦恼之中,她问:如果我帮你,你能不能长久地对我好?

他立刻答道:我会好好待你,只要我活着一天,就会把你当亲人一样爱护。他虽然回答得没有半点犹豫,但他知道自己的回答与裴小姐问话的真实用意大相径庭。

但裴小姐听了这话却显得很幸福,便问现在有什么事情可以帮他。他犹豫了一下,终于开口问裴小姐能不能利用她在电话局中的关系,给巴尔扎克公寓的那间阁楼里安装一部电话。裴小姐说她是电话局的总值班员之一,不单可以监听任何人的电话,也可以下“工作单”给任何人安装电话。于是,他将安装电话的费用交给她,让她当天下午就去把这件事办妥。

他知道,从他第一次开口向裴小姐提出工作要求的这一刻起，便再也不是杨小菊逼迫裴小姐参与到这桩危险的行动中来,而是他自觉自愿地“引诱”裴小姐替他工作了。

像他与裴小姐这种微妙的关系，实在无法向组织上汇报,因为他担心老于会怀疑这种关系的纯洁性,甚至担心老于也会像其他人那样说出“裴小姐是你的情人”这等混账话来。他的对手和敌人这样讲,他可以用轻蔑来维持自尊,但是,如果组织上的领导也产生了这种误解,他就会认为这是一种真正的侮辱——他认为组织上应该完全彻底地信任他,而不是怀疑他,更不能怀疑他的道德。

这时,隔在后车厢与驾驶座之间的板壁上拉开了一个小窗口,安德森冲着他们二人叫道:船来啦,你们下车接人吧。

熊阔海下车后看到，在为租界运送蔬菜的木码头边上，停下了一只装满大白菜的木船。老于独自上船,不一会儿,便与另外一个男人提着两只麻袋回来了。麻袋被塞进棺罩里,老于安排新来的那人平躺在棺罩上,安德森从外边锁好车门,汽车便开动起来。这时,躺在棺罩上的那人突然感叹道:天津卫的大老爷们就是有能耐,坐汽车都能躺着睡觉,要是坐火车那还了得!

熊阔海听出来了,此人是河北沧州口音,便去握他的手:

同志,请问您是?

那人在黑暗中举手行礼道:俺是沧县一大队三中队三小队的小队长,大家伙儿都叫俺老满。老于高兴道:原来是县大队的同志。老满道:县大队是土八路,俺是“皇协军”。

8

灵车停在巴尔扎克公寓门前，安德森一脸的不高兴，对熊阔海说：你小子净给我添麻烦，还非得去试枪，早晨4点半，你给我早点下来候着。熊阔海一边护着老于和老满往楼里走，一边对安德森没好气道：这都是你自找的，你不逼我就没有这些麻烦事。

比利时二房东的头上罩着发网，满脸堆笑迎上前来，伸手要接老满手里的麻袋，被熊阔海一把将他推得撞到墙上，并用手指戳着他的脑门骂道：闭上你这对狗眼。

熊阔海今天非常生气，这怒气不单是与安德森或二房东有关，更主要的是生老于的气，生上级领导的气。他向领导申请的是一挺轻机枪，怎么还要给他搭配一个伪军小队长！

老满刚一进房门，便脱去脚上的布鞋，赤着满是黑泥的双脚盘腿坐在唯一的一张单人床上，对他们二人说，俺不知道你们老几位是多大的来头，可俺看出来了，你们这是玩命啊！老于对熊阔海说，昨天你走后，我一边派同志坐火车直奔沧州，一边请示上级领导，等领导同意了我的请求，我立刻打电报给派去沧州的同志交代接头暗号。老满接着说，昨天下晌，你们县大队就派人到辛店据点找俺表哥，说他们的机枪坏了，只能打单发，要借俺们的机枪到天津卫来用。俺表哥胆小，可碍着交情面子又不能不借，就让俺跟着一起来了，说是无论如何，叫俺第四天头上一定得把枪带回去，小日本儿每五天过来检查一次，要是看出来少了一挺"歪把子"，俺表哥必定活不成。

熊阔海实在没办法相信老满的话，而且他看出来老于也不信，于是问老满，你在沧县的辛店驻守？老满说，辛店是个大据点，每五天赶两个大集。熊阔海问，你们和八路军是怎么联系上的？老满摇头说，不跟他们联系也不成啊，再者说，小日本儿也不能长年累月占住这儿不走，早晚有一天大家伙儿还得在一口锅里搅马勺不是？熊阔海还是无法相信，又问，你们和八路军不打仗吗？老满说，有日本人在的时候，打得热闹着哪，可就是不伤人，要是伤了人，谁也甭想过好日子。

老于插言问道，你们把机枪借给八路军，不怕他们掉过头来打你们吗？老满大笑起来，说，怎么不怕？可你要是不借，他们更要打你不是？你是不知道，借枪借物这是常事，有的时候还借炮楼哪！熊阔海不明白，炮楼怎么借？老满说，你们城里人不知道乡下的事，八路军的上司来命令要他们端多少个炮楼，他们就得端多少个炮楼，少一个也不成。有时候他们端完了那些死心眼儿的炮楼还凑不够数，就找俺表哥商量，在公路边上借两个小据点烧烧，保证不伤人。老于问，日本鬼子就不管你们吗？老满说，管呀，可别的人不单丢了炮楼，还伤了人丢了枪，俺们这边只丢炮楼不丢枪，小日本儿还得赏俺们不是……

话说了有一车，熊阔海问老于，你信他的话吗？老于说，反正我不信，你信吗？熊阔海说，我也没法相信。虽说他们无法相信老满讲的是真话，但当他们看到老满将麻袋中的机关枪装配起来的时候，又不得不相信眼前的一切都是真的。熊阔海说，也许下边的同志们当真有这本领。老于说，无论如何，我明天得向上级汇报这件事，看他们怎么说。

老满对他们的怀疑根本就没往心里去，装完机枪就往方桌上一架，说：俺表哥说了，“天津卫的大老爷们就是有能耐，脚底下安菜刀（滑冰的冰鞋），给个大蜡钎子吹得呜哇山响啊（吹唢呐）”，俺也不想脚底下安菜刀，俺就想吃吃你们那个一咬一兜油的肉包子，再瞧瞧外国娘儿们，也算这辈子开了眼啦。

老满没心没肺地上床睡了，熊阔海开始研究这种他从未接触过的机枪，而老于则将他自己带来的小型台钳旋紧在方桌上，然后将钻头、水银壶、坩埚、细铅条等物铺排开来，准备将机枪的铅弹改造成“达姆弹”。

这就是被传说得神乎其神的歪把子机枪!熊阔海没有立刻动手拆解,而是先从外观上着手,找寻他熟习的东西。毫无疑问,这种机枪是根据法国在上一次“欧战”中广泛使用的霍奇基斯机枪仿制的,枪管和击发装置几乎完全相同。然而,这种枪的装弹方式让他感到很奇怪,霍奇基斯机枪是条形弹夹横向装弹,每条20至25发子弹,而这种歪把子机枪既没有使用条形弹夹,也没有使用捷克机枪的那种香蕉形弹夹,而是在它左侧的供弹口处安装了一个他从来也没见过的“进弹斗”。

机枪连续射击时,供弹和退壳是非常关键的步骤,如果不能清楚地了解它的工作原理,熊阔海绝不会贸然使用这支枪。他很客气地向老于请教,问他是否见过这种供弹装置。这是他第一次真正与老于“共事”,以往他们只是各司其职,他认为自己理当守着君子之交的规矩。

老于刚刚在一只小小的黏土炉子里生起火来,弄得满屋子烟。他说,我也没见过,但它的子弹跟“三八”式步枪通用。然后,他便将子弹夹在台钳上,拿起锔锅用的弓子和钻头,在弹头的顶部打孔。

熊阔海小心地将击发装置拆卸下来,研究它的供弹和退壳系统,于是他发现,在枪机的闭锁装置上有许多外来的刮伤。他再次很客气地向老于请教,而老于却老实不客气地让他先别说话。

等到老于将一滴水银小心地装入弹头上钻出的孔里，这才放下水银壶凑过来。他用手仔细地摸那些刮伤，又拿了颗子弹装在枪膛里试了试，说，这东西一定是常卡壳，然后只能用刀或是钳子把变形的弹壳拔出来。熊阔海说，这下子可麻烦了。老于用手敲了敲进弹斗说，你先把这东西拆下来，等我弄好子弹咱们再看。

老满总共给他们带来了60发子弹，熊阔海只同意老于改装20发。他担心改造后的达姆弹飞行路线不规则，加上射击距离又太远，精度必定会降低。此时，老于已经开始用融化的铅液给装上水银的子弹封口，然后用锉刀小心地将修补后的弹头锉圆。这种子弹在击中目标后，铅弹头里的水银会借助惯性冲破弹头的前部，给人体造成大面积的开放性创伤。上一次“欧战”之后，这种子弹被认为是不人道的武器，被“国联”禁止使用，但对于刺杀行动，特别是近距离射杀，这种子弹仍然备受刺客们的推崇。

熊阔海原本反对使用达姆弹，但由于老于固执地坚持，他也只好听之任之了。因为对进弹斗的设计不熟习，他只能小心翼翼地摸索着干。他知道，如果他不慎损伤了供弹系统，这挺机枪也就等于报废了，但是，如果让他不把这件武器弄明白就使用，他也绝对不能同意。他在黄埔军校的枪械教官是个满嘴粗话的德国留学生，曾经对他们反复强调：你们这帮小混蛋给我听好了，陌生的武器比陌生的女人更危险。陌生女人最多也不过是偷光了你的钱包，或是传给你杨梅大疮，但任何一种陌生的武器都可能在你使用的时候先要了你自己的小命。于是，“陌生的武器比陌生的女人更危险”这句话，便成为他们这一期枪械科学生的“班训”。

进弹斗终于被拆了下来，熊阔海很快就弄清楚，这只进弹斗里可以装进去6个弹夹共计30发子弹，当枪栓向后运动时，就会带动一个简单的棘轮，把位于底部的弹夹拉入套筒座，同时退出枪膛中的弹壳。

只是，这支枪卡壳的原因他还是没找到，他觉得，从枪托和枪身上的累累斑痕来看，也许是因为这支枪太旧了，枪膛变形，才容易造成卡壳。但老于却不这么看，等他用火柴棍蘸着红漆给每颗达姆弹的头上做完标记，这才对进弹斗和套筒座检查了一番。他将手指伸进套筒座摸索了一阵，便用脏手在熊阔海的背上用力拍了两下，然后亲热地搂住他的肩膀笑道：你到底是个学生，不知道日本人在机器上的聪明反而会让他们造出最蠢笨的东西。

在老于的指点之下，熊阔海终于发现了那个已经干涸的给子弹上润滑油的油槽。看来，那些伪军必定是在保养枪支时不肯用心，这才会让没上润滑油的子弹常常卡在枪膛里。

老于的这个发现固然很重要，但熊阔海的心中却有些不愉快，因为他很不高兴老于对他做出拍后背、搂肩膀的亲昵动作。他认为革命同志就如同“古之君子”，应该严守孟夫子所说的“义者宜也”的道理，除去共同的理想之外，在交往中既不能越轨，更不能失礼。抗日和革命都是严肃的事，如果同道之间戏谑不止，也就难免会失了规矩，少了尊重。虽说革命不分贵贱，但他们毕竟是两种人，他不想与老于有工作之外的任何关系。

9

早上4点半钟，安德森开着警车准时来了。熊阔海将装机枪的麻袋藏在警车的后座下，让安德森给他和老满戴上手铐，装扮成刚刚被捕的罪犯模样，以免引起法租界巡捕的注意，然后他们便沿着河边的码头区向南驶去。

在英租界太谷码头南端，早有一艘海关的蒸汽缉私艇候在那里，岸边还停着几辆罗尔斯·罗伊斯和梅赛德斯汽车。一小群身穿花呢猎装，窄檐猎帽上斜插着山鸡毛的绅士正聚在缉私艇的甲板上吃早餐，其中就有借给安德森瞄准镜和望远镜的小施德士。

安德森给他们解开手铐，亲自提着麻袋，一直把他们送到机器舱里，然后将麻袋往煤水舱的角落里一丢，便有水手三锹两锹用煤将麻袋埋了起来。安德森对他们说：等一会儿出租界的时候，日本人要上船检查，你们可别慌，先往脸上抹两把煤灰，暂时当一会儿司炉吧。熊阔海故意道：只要别把你吓得尿裤子,我是一点也不会慌的。安德森闻言立刻作势要打,熊阔海也拉了个“白鹤亮翅”的架子假作应战,于是,他们又感觉像是回到了一起淘气的孩童时代。

日本人的关卡对这群出城打猎的欧洲富人并没有留难,缉私汽艇很顺利地向南驶出去二十多公里,然后拐入一条狭窄的河道,又行驶了半个多小时才停下来。这条河道的北边是一大片水沟纵横的湿地,每年春秋两季野鸭子迁徙时,都会在这里停留很长一段时间。河道的南边是地面较为平整的盐碱地,癞痢头似的生长着稀疏的野草,偶尔能见到几棵树,也是歪歪扭扭的一副病态。

猎人们去北边打野鸭子,熊阔海扛着机枪往南走,安德森和老满两个人跟在他后边,每人抱着一个长形大南瓜。安德森打趣道:我还真得跟着你去看看,就你这一双病眼,别说从那么远的地方开枪,就算是在你面前放上一头大象,你也未必能打中它的屁股。熊阔海针锋相对道:还记得小时候打弹弓吗?你伸手摸摸你脑门上的那两块疤,就知道我能不能打中。

他们二人用英语斗嘴,老满听不懂,只是嘿嘿地笑,腮上左边凸起一下,右边凸起一下,正在用舌头起劲地拨弄着从猎人的餐桌上抓来的布莱顿硬糖。

走到远远能望见一株还算粗壮的小树时,熊阔海停下来,从水沟边拔了一根比他的身材短些的蒲棒插在地上,又掏出皮尺量了量蒲棒的高矮，然后背身往小树相反的方向走，走一段便停下来，伸出大拇指比着，隔着蒲棒向小树望一望。终于他停了下来，在他停下来的地方做了个标记，便让老满帮他拉着皮尺丈量从标记到蒲棒的距离。最后，他又让老满量了量从他的脚下到他的眼睛之间的长度，便掏出个小本本计算起来。

安德森也弯下腰到蒲棒后边东张西望，故意改用汉语打趣熊阔海，好让老满也能听懂他们的对话。他说，你这是看风水找坟地，还是招魂跳大神哪？熊阔海说，找着坟地我先埋你。老满插话说，你们谁也别埋谁，要埋也得先把俺送回家，再给俺带上几斤肉包子。

其实，熊阔海这是在用《数书九章》中的“望敌远近法”计算距离，他知道安德森和老满都不会懂这些东西，也就懒得跟他们解释。前两天他选中巴尔扎克公寓的时候，就曾先到与公寓相连的平顶楼房上测量了一番，得出的结论是，从射击点到日侨俱乐部的小楼门前，射击距离为685米，远近误差不超过5米。在这个距离之内，不论是捷克轻机枪还是老满带来的歪把子，对人体的杀伤力是不成问题的，成问题的是精确度。他清楚地知道，对于普通的轻机枪来讲，在这个距离进行精确射击，实在是有些远了。

熊阔海用一条长方形的木板垫高瞄准镜，然后拿两条狗颈圈将瞄准镜和木板固定在枪机上方，而机枪则架在了一条土埂上。透过瞄准镜,他可以清楚地看到老满正抱着两个大南瓜朝小树的方向走,一边走一边回头张望,满面的愤怒。方才,安德森用手枪顶在老满的脑袋上,硬逼着他去安放靶子,而老满临行时则不住地向熊阔海哀求,说,咱们是一伙的,你可不能在背后打俺的黑枪。

小施德士的瞄准镜确实高级,但越是高级的东西就越是难使。熊阔海让瞄准镜小心地跟踪着老满的脑袋,由近及远,一边调节一边熟习它的操作方法。安德森坐在他身边,齿间咬着一根草梗,将帽檐拉下来遮挡早晨斜射的阳光,很悠闲的样子,口中却还忘不了撩拨熊阔海:怎么样,想打个赌吗?熊阔海问:赌什么?在瞄准镜中,老满那个头发蓬乱的脑袋充满了镜头,逆光之下,黑乎乎的挺吓人。

安德森说,我赌你第一枪和第三枪里肯定会有一枪打不中。熊阔海说,闭上你的乌鸦嘴。安德森又说,我还赌你打中的第一枪,必定是打在那个乡巴佬的鼻子上,杀人灭口可是你们的惯技呀!

听到这话,熊阔海的心中不由得一阵焦躁。他知道安德森这是在故意激怒他,好让他无法平静地瞄准,但是,安德森找出来的这个理由太可恨了,那是他内心深处最痛苦也最伤心的症结。只听安德森又说,我还以为你这辈子再不敢冲着人瞄准了,不想你居然要自己动手,佩服呀佩服!

熊阔海确实从来也没有将枪口对准过任何人,特别是人的脸，因为那会让他肝肠寸断。但是他知道，安德森此时故意揭开他的这个伤疤，必定是因为没想到他会亲自动手实施刺杀行动，所以才担心他在用枪瞄准小泉敬二的脸时无法扣动扳机。

也就这个时候，瞄准镜中的老满突然回过头来，逆光中他的眼睛、鼻子和嘴变成了一块黑洞般的阴影，像死人一般难看，而瞄准镜的十字线恰好就在这块阴影的中间。熊阔海只感觉胸中一阵作恶，便猛地丢下机枪，翻身跑开几步，伏在地上干呕不止。安德森也跟了过来，口中仍然不依不饶道：怎么了？有喜了？还是被我说中，你当真不敢开枪？

熊阔海发觉，安德森说中了他一直在对组织上，或者说是对所有人都隐瞒的那个关键问题——他是否有能力向小泉敬二开枪。于是，他不由得恼羞成怒，将安德森扑倒在地，两个人在初冬干燥的土地上翻滚、厮打起来。熊阔海抓住安德森的两只大耳朵，将他的脑袋往土地上撞，而安德森则揪住熊阔海的头发，用脚踢他的屁股。等到打累了，他们便像两只打闹过后的小狗一样躺在地上喘粗气，这时，安德森才故意做出恍然大悟的表情，用英语郑重地向他道歉：对不起，我忘记了你母亲的事，请你原谅我。

再回到机枪边，熊阔海强迫自己不要受丧母之痛的干扰，稳住心神，但是，此刻在瞄准镜中出现的，已不再是老满的满头乱发，而是他母亲脸上被达姆弹打出一个大洞的可怕情形。那是在民国七年,也是初冬,熊阔海只有八岁,母亲带着他到河南安阳去看望驻军在那里的父亲,不想,当天夜里发生了兵变。许多年之后熊阔海才知道,这是因为直系的吴佩孚通电反对皖系的段祺瑞“武力统一中国”的政策,皖系军人才在他父亲的军队中策动了这次兵变。那天夜里,他父亲带着卫队出去弹压,却被一股乱兵乘机冲进他和母亲的住所,母亲护住他往后院逃,被一颗子弹击中,一下子扑倒在他身上。等到他推开母亲的身体爬起来时,乱兵已经离去,这时他才发现,母亲的脸上已经没有了五官,只留下了一个黑黑的大洞。而此后多年,让熊阔海不得不从黄埔军校中途退学的原因,就是因为他每次面对画着人脸的胸靶时,枪口前出现的总是他母亲中弹后的那张黑洞洞的脸。

对不起,你一定要原谅我,我这是一时糊涂,不会妨碍你刺杀小泉敬二吧?安德森在熊阔海身边蹲下来,口中仍在不住地道歉。熊阔海用力摇了摇头说,往后再不许提这件事了。在这件事情上,他不好过多地责备安德森,因为,当年他父亲带着他从安阳回到天津家中的时候,他的精神已经崩溃了,多亏有安德森这个玩伴,每日里过来与他纠缠、打闹,这才让他慢慢地恢复过来,至少在进入军校之前,他以为自己已经恢复了。然而,安德森的胡闹让他终于明白,在他这一生当中,无论他将要射击的是什么人,他都无法面对瞄准镜中的那张脸,哪怕那个人是日本侵略者小泉敬二。

安德森这时又给他胡出主意：实在不行，你可以让你的同伙替你开枪嘛！

住口。熊阔海清楚地知道，他绝不能把这件事告诉老于，因为这关系到他作为一个男人的尊严，也关系到他在上级领导面前的声誉——他的所有领导和革命同志都知道他是黄埔军校出身的军事家，是一个意志坚定、行动勇敢的斗士。他不能辜负了他们的信任，更不能因为这个小小的缺陷而让他们失望，所以，他不得不亲自动手射击。

杀了小泉敬二，我的病也就该痊愈了。他直截了当地对安德森讲出了实话。

远处，老满已经将南瓜吊在树杈上。瞄准镜中的那张黑洞洞的脸消失了，现出来的是南瓜金黄色的外皮和浅绿色的花纹。安德森站起身来给老满打手势让他离开，熊阔海往枪膛中压入了一颗铅头子弹。他深吸一口气，努力压住胸中的干呕，对安德森道：你还想打赌吗？

打呀！安德森来了精神。如果我一枪命中，你得帮我办件事，熊阔海一字一句地说。你小子想歪了，不打赌我也帮你办事，从小到大，我帮你打过多少人？安德森一时间显得义气冲天。这件事可比打人、杀人难办得多，熊阔海在努力纠正安德森的玩笑口吻。好吧好吧，只要你一枪命中，我就帮你做一件事，但是，不包括让我替你刺杀小泉敬二。安德森毕竟不傻，他先堵住了可能的言语漏洞，以免再像儿时那样上当。

熊阔海将枪托紧抵肩窝，眼睛离开瞄准镜一寸的距离，避免枪的后坐力带动瞄准镜撞碎他的眼镜。他用食指在扳机上一点点地施加压力，同时用心去感觉扳机另一头的卡铁轻轻抬起，再抬起……他只感觉枪身猛地一跳，同时听到举着望远镜在一边观察的安德森骂了一句脏话，便知道他打中了。

说吧，让我帮你干什么？安德森放下望远镜，并没有赌输了的懊丧，反倒是一脸的释然。熊阔海又往枪膛中压入一颗达姆弹，将支架再次固定好，重新调整瞄准镜。这一枪之后，那个南瓜便碎裂得没了踪影，只留下短短的一小截瓜蒂吊在树上。

两次射击证实了熊阔海的担忧，他发现这支枪射击时跳动得太厉害。他又压入两颗铅头子弹和一颗达姆弹，瞄准树上的另一个南瓜，三弹连发后，机枪跳得连前支架都移动了。这时安德森说，那个乡巴佬打手势说，你只打掉了南瓜的一小截，还是让我来试试吧。

熊阔海当然不能让他试枪，甚至都不能让他从瞄准镜中看上一眼。以安德森丰富的射击经验，他一看便能发现瞄准镜的视场太狭窄，几乎不可能从这么远的距离射击移动目标，而小泉敬二也绝不会在日侨俱乐部门前像拍照一样摆好姿势等着他来射杀。

他从衣袋中取出老于装红漆的小玻璃瓶，在瞄准镜与木块和木块与枪机接触的四角上做出标记，又在瞄准镜的四个旋钮上做好标记，这样一来，等他回到巴尔扎克公寓后便可以把调节范围缩到最小。但是他知道，除非他能将小泉敬二一击毙命，否则，在这样的射击精度之下是不可能刺杀成功的，他必须解决机枪射击时的跳动问题。

远远的，他望见老满正在往回走，便对安德森说，打赌我赢了。安德森说，要是让我开枪我也会赢，这么好的瞄准镜可是我给你借来的。熊阔海说，你欠我一个赌注。安德森说，只要你老老实实地把小泉敬二干掉，我会还你这个人情的。于是，熊阔海把手伸出来说，我要你帮我做一件事。安德森说，你得先把活儿干完。熊阔海说，在我干活的同时，你帮我做这件事。安德森问，什么事这么要紧？熊阔海说，我在楼上开枪向小泉敬二射击的同时，你必须把我的太太和女儿送上津浦路的火车。安德森问，她们到哪去？熊阔海说，你只管给她们买到浦口的车票就是了，车费由你出。

安德森仰面打了一阵哈哈，说，你小子任何时候都不肯吃亏，好吧！熊阔海问，如果遇到杨小菊的人拦阻，你打算怎么办？安德森笑得更厉害了：那我就先抓了他的手下，再抓他本人，让他们在我的班房里喝上半个月的泔水，到时候他自然会客客气气地求我把你的太太和小姐送走，甚至为此还会送给我一大笔贿赂。

他们二人握手成交，于是，熊阔海知道自己心中那些让他烦乱、让他关心、让他担忧的事情中，至少有一件已经安全了。但这件已经安全的事情又在他心底引起了另外一种内疚的感觉——像这种“托妻寄子”的大事，他为什么不去找党组织，而是拜托给了一个殖民地腐败的警察呢？显然，他不想让上级领导发现事情的真相，发现他此前一直在说谎。

10

熊阔海试枪后回到公寓已是中午，裴小姐并没有像往常那样在睡觉，而是正要出门。她告诉他，电话中的那个人确实名叫小泉敬二，但从昨天傍晚的最后一个电话之后，那两个电话便一直没有人接听，看起来，小泉敬二已经失踪了。

方才在巴尔扎克公寓，熊阔海刚刚向老于明确表示，他一定会亲自动手杀死那个日本侵略者，请组织上放心。老于为此激动得流下泪来，说：我一直在担心你的革命斗志，怕你不够坚强，不够勇敢，但我又怕自己看错了，就一直隐瞒着这个想法，没有向上级汇报。现在好了，听你这么说，我才知道我一直在误解你，对不起。

可偏偏就在这个时候，小泉敬二失踪了。这对任何人都不是好消息，因为，他担心老于会认为他早便知道小泉敬二已经失踪，甚至知道这个家伙此时已经坐上了南下的火车，所以才故意向组织表决心，以示勇敢，其实却是在欺骗组织。

他与老于虽说已经相识将近一年,但共事极少,彼此并不了解,所以他认为,如果老于有这样的想法非常正常,而这件事如果汇报到上级领导那里，让领导产生同样的看法也很正常。到了那个时候,他以往在组织面前小心维护的自尊自爱都已毫无用处,作为一个革命者,胆怯与欺骗是最大的缺陷,他从此便再也无法洗清自己的名声了。

所以,他不得不再次求助于裴小姐:你现在能回去继续监听小泉敬二的电话吗?裴小姐说,我一直都守在总机旁,因为给巴尔扎克公寓和这边打电话都找不到你，就想回来给你留个字条,这才碰到你。于是他说,让你费心了,请一定帮我找到小泉敬二。裴小姐说,我会二十四小时不下机。

裴小姐穿上外衣,走到门口,但并没有立刻出门,而是又回到近前,低声问,如果真的杀了那个日本人,你是不是必须逃走?他说,也许会的。裴小姐紧闭双眼,咬住嘴唇,过了半晌方道,在你逃走的时候,请你记住一件事。他问,是什么事?

裴小姐突然睁大眼睛,目光中满是勇敢。她说,请你千万别丢下我一个人走,否则我必定活不下去……

裴小姐回电话局去了，阁楼中只剩下熊阔海独自发呆。他深知自己理应温柔地、怜惜地、委婉地将他已有妻女的情况告诉裴小姐，并且还应该善解人意地劝导她去寻找属于她一个人的美满姻缘——简单地说，就是让她去爱别人。

在这件事情上，不论作为仁人君子，还是作为革命者，他都应该毫不犹豫地这样做。只有这样做才能向裴小姐证明，他本人、他的组织、他的理想以及他所从事的事业，都是襟怀坦荡，遵从道德的，对待生活都是严肃认真，有责任感的。

然而他不能，至少现在不能。既然裴小姐独特的性情能够因为这桩想象中的恋爱而开朗，也必定会因为这桩没来由的失恋而重新自闭。他深知裴小姐的心理有多么的脆弱，也深知她的身体状况有多么的糟糕，如果他在这个时候告诉裴小姐他并不爱她，哪怕是委婉地暗示他不能爱她，那么，也就等于是在裴小姐满怀爱意的心中刺入了一根钢针，而这种失恋的痛苦在她身上表现出来的，绝不会仅仅是痛断肝肠这么简单，他担心她会疯掉，是的，她必定会疯掉。他还清楚地记得，在他刚刚与裴小姐相识的时候，她就已经病得不轻了。

同时，他还清楚地意识到，除去这桩没来由的恋情之外，由于小泉敬二的突然失踪，组织上交给他的任务也已经陷入了尴尬的局面。虽然裴小姐答应二十四小时监听小泉敬二的电话，但是，他又怎么能够肯定小泉敬二必定会再次回到他的住所，甚至再次回到天津呢？如果小泉敬二当真已经坐上火车南下,如果《支研物价周报》上的消息当真是小泉敬二用来迷惑他的烟幕,他又该怎么办?他将何以自处?他对上级领导该如何解释?

天哪!这一切都是怎样发生的?事情为什么会发展到这一步?熊阔海感觉自己仿佛撞入了迷魂阵中。

面对如此困境,他最先想到的解决办法,是向组织坦白一切。是的,他不单要坦白自己在这次行动中的种种私心,还要将以往的种种错误交代得清清楚楚,这样一来,他便可以在同志们的批评教育之下,将自己重新洗刷得干干净净,变成一个真正的内心纯净、襟怀坦荡的革命者。

然而,他深知自己不会这样做。虽然向组织坦白可能会让他重新变成一个没有缺陷的革命者,但是,如果因此而让妻女和裴小姐受到深刻的伤害,他就又会变成一个不道德的人。他实在无法将病妻和年幼的女儿送到根据地去,即使是到延安去也不成,因为,他的妻子也许根本就走不到延安便会病死在路上,而他的女儿也会变成无助的孤儿。再有就是裴小姐的事,这是组织上难以理解也无法原谅的。他并不惧怕组织上因为此事对他的惩处,他担心的是裴小姐再次落入因孤独而接近于疯狂的精神状态。

除了向组织坦白,他还想到了另外一个办法,就是立刻打电话给老于,报告小泉敬二已经南下的消息,就此放弃刺杀行动。等到日后组织上开会分析行动失败的原因,追查相关同志的责任时，他可以为自己找出许多理由“自辩”，甚至可以冒险指出这个行动命令本身的多重不合理性，以此来转移领导的注意力，使他们不会怀疑到事情的真相。毕竟所有关于小泉敬二的情报全都是他一个人向组织上提供的，同志们根本就找不到可以怀疑他的旁证。

其实他心中清楚得很，自从接受了这项任务之后，他除去推脱、逃避，更多的是表现为拖延和畏缩，这与他对组织撒谎、推卸责任并没有本质上的区别。然而，不情愿的行动与主动逃避毕竟还是有区别的，如果他就此放弃了这次行动，虽然并不意味着他已经放弃了革命者的理想，但他必须得放弃革命者的道德，成为一个“不道德的革命者”，或者像他曾经批判自己的那样，从此后他便真的“什么都不是”了。

当然了，即使是随便想想，他也知道自己还有第三条路可走，那就是带上妻女和裴小姐逃离此地，甚至逃到国外去。但是他知道，这条路也只能是想想而已，就如同他不能放弃理想，离开党组织一样，杨小菊和安德森也绝不会让他轻而易举地将家人带走。

这些办法都不高明，但熊阔海并没有因为在头脑中冒出这些想法而感到羞愧，人在走投无路的情况下，什么混账念头都可能出现在头脑之中。他从来也没想把自己装扮成一个道德高尚的圣人，连个自私、胆怯的念头都不能动，不是的，因为他清楚地知道，他仅仅是一个普通的信仰了马克思和列宁的理想主义者而已。

现在他能够做的只有选择，在所有可能的办法当中，为自己找一条可行的出路。

11

熊阔海与杨小菊约定在下午3点钟见面，但他有意提前一刻钟来到马尔林斯基咖啡馆，进门后便毫不客气地告诉迎上前来的别斯土舍夫，说他不再续交明年的会费了，然后径直坐到店堂中最显贵的位置——“希望号巡洋舰”蚀刻画下，并为自己叫了一份俄国茶炊，外加果酱、小圆面包和奶油。别斯土舍夫和周围的间谍们都吃惊地望着他，想必是以为他要么是突然发了横财，要么就是破罐破摔不过了，但他此刻已经没有了往日那份小心翼翼的心情，也不在乎这些家伙会怎么想他。

虽然方才想到了许多条出路，但是他知道，他只能有一个选择，就是完成组织上交给他的任务。哪怕是完成任务之后立刻就牺牲，或者完成任务之后再放弃理想选择逃跑，他都必须把这项工作做好。他认为，到了现在这个时候，只有完成组织上的委托杀死小泉敬二，他才能保持住一个革命者的体面，如果被那个家伙逃脱了，他就只能承认自己是一个胆小鬼，是一个玷污了理想的废物，就会真的“什么都不是”。

他今年只有三十几岁，还不想让妻子、女儿、裴小姐，乃至组织上的同志现在就发现他原来只是个懦夫。他清楚地知道，即使最终骗过了所有的人，让他们仍然蒙在鼓里，以为他就像以往表现出来的那样，是个不错的革命者，但是他无法欺骗自己，因为他终于发现了自己的内心深处确实“像个懦夫”。所以，为了避免让自己在耻辱中度过后半生，他必须自觉自愿地“知耻而后勇”。

杨小菊来了，在熊阔海的茶炊中给自己倒了杯茶，并且加上大勺的奶油和砂糖，脸上很体贴地控制着表情，对熊阔海出人意料的奢侈没有流露出半点异色。

熊阔海说，我想请你帮我一个大忙，把小泉敬二给我找出来。他已经不再操心眼前这个竞争对手可能会因此而轻视他，或者洋洋自得地傲慢起来，因为，如果他不能完成任务，他会率先轻视自己。

听到这个请求，杨小菊表现得非常激动，似乎要伸出手来握他的手，但中途又羞涩地停在桌布上，口中道：在这个时候你能想到我，当真让我感动，我们两家原本就在合作，可不能因为个人的好恶妨害了抗日大业。熊阔海摇头道：别说没用的，这件事虽说是我的任务，难道不也是你上司命令你干的事吗？杨小菊笑得越发地羞涩了：您说的是，这都是因为我太懒，也有点胆小，不敢亲手干，所以才麻烦您。熊阔海说：你只要找出小泉敬二，我就替大家伙儿干掉他，一了百了。

不想，杨小菊却对他讲出了一个不幸的消息。他说，小泉敬二已经知道了你所做的一切准备，包括巴尔扎克公寓里的机关枪和那个伪军小队长。他害怕了，又不方便到租界里来抓你，这才躲到北京去，据说，等他把手里的几件事情处理完就会直接前往上海，也许坐船，也许乘飞机，不会再在天津落脚。

听到这个消息，熊阔海非常失望。如果让他在几天之内到北京去刺杀小泉敬二，他也许根本就找不到他。如果在小泉敬二前往上海的船上刺杀，他又无法得知小泉敬二的船期，况且，即使刺杀成功，他也必定是要牺牲的，因为在船上无处可逃。当然了，如果小泉敬二乘坐飞机，他就只能追到上海去了。

这时，杨小菊将话锋一转：不过，假如你真打算完成这项任务，我倒还有一个主意。熊阔海望着他没有讲话，但能清楚地感觉到病重的视网膜因为目光过于集中而有些刺痛。

杨小菊笑道：我也许有办法能把小泉敬二从北京弄回来，甚至还能逼着他不得不去参加居留民团的欢送会。熊阔海知道，到了这个时候，他不相信杨小菊也不成了，尽管这个家伙根本就不值得信任，于是他再次对杨小菊强调：只要你把这家伙弄回来，杀人的事包在我身上……

熊阔海向杨小菊告辞，用老于给他的活动经费付了账，而且像他年轻时那样，洒脱地在侍者的银托盘里丢下了丰厚的小费。走出大门没多远，他又碰到了那个头戴红色毛线帽的报童。报童说，我在这儿等您半天了，有人让我给您送报纸来。在报童送过来的一沓报纸里，中英日文都有，熊阔海给了报童5元钱，告诉他给自己买双棉鞋穿，然后便叫了辆洋车坐上，径自回公寓去了。

熊阔海并没有认为自己这种胡乱花用是在浪费革命经费，恰恰相反，他认为自己这是在运用正确的方法，努力找回他这种特殊“革命者”的“身份”。是的，自从前几年家业衰败之后，日常生活的穷困便凝固了他的智力，同时，穷困所带来的愧疚与不体面，也慢慢地消磨了他的胆识和勇气。他是个出生在富人家的孩子，尽管中共党组织要求他们要克制自己的欲望，习惯艰苦的革命斗争生活，然而，在他重归故里，不得不在马尔林斯基咖啡馆与众间谍周旋的时候，他实在无法将理想对他的严格要求真诚地运用于奢侈的租界生活——面对富人，他常常会陷入由于羞惭而生成的自卑之中。

钱是王八蛋，花完了再赚。他不由得想起市井之中的哲学，同时也记起了方才逼迫杨小菊答应他的另外两个条件之一——如果他成功地杀死小泉敬二，杨小菊必须将老于交给他的那1000元联银券补上。倘若事事如愿，他便既可以利用杨小菊帮助他完成任务，又可以用对手的钱弥补组织上的损失，同时他还可以用节省下来的经费给妻女带些川资前往上海。投亲靠友是人生中最悲惨的一件事，他可不想妻子和女儿看着别人的脸色过活。

他要求杨小菊答应的另外一件事，是派人保护裴小姐。那是个无辜的女子，却被卷入了这场危险的争斗之中，此时很可能已经被小泉敬二确定为报复目标之一了。

然而，等到他在中英文的各家晚报上读到有关他和小泉敬二的文章时，他又恨不得将杨小菊揪过来狠狠地揍上两巴掌。今天，各家晚报分别刊登了两篇文章，英文的是《中共在法租界活动猖獗，巴尔扎克公寓重开索姆河之战》，中文的是《熊阔海再演刺杨广，小泉君京城搬救兵》。两篇文章讲的是同一件事，正是他刺杀小泉敬二的行动，文中公开了他所有的行动准备，并且转弯抹角地嘲笑小泉敬二的逃跑，话说得很不中听，显然是在故意激怒日本人。他知道，日本人心眼儿小却又好面子，这一招也许当真有用。

让熊阔海感到气恼的是，这两篇文章表明，杨小菊最晚也是在今天早上便得知了小泉敬二逃往北京的情报，而且早已经对报纸做了部署，但他居然不动声色，静等着熊阔海将身上的自尊自爱剥得一干二净，低声下气地前来求他帮忙。

依照眼下这种情形来看,即使他在行动之后成功地避开了日本人的报复,也很难再继续情报俱乐部的工作了。在这件事情上,杨小菊不单让他代替自己完成了刺杀工作,而且还挤对得他为了妻女和裴小姐不得不向杨小菊求助。这样一来,杨小菊既让他领受了巨大的人情,又羞辱了他的自尊心,并且成功地将他赶出了情报俱乐部。相识一年多来,他们二人交手无数,这一次杨小菊终于清楚明白地占了他的上风。

12

一夜之间,熊阔海要刺杀小泉敬二的消息传遍了京津两地。第二天一早,租界中的早报、日报便铺天盖地地刊出各种各样的文章,大赞国民党人慷慨大度,将杀敌立功的好机会送给了他们的合作者。同时,报上还刊登了各种杂文,言语尖刻,口气鄙薄,对逃往北京,不敢面对抗日英雄的小泉敬二极尽挖苦嘲讽之能事,而且援引古今,从丰臣秀吉统一日本时各藩国武士的不忠,一直讲到近年来日本政府的背信弃义,再对比大汉民族和东瀛岛国小民的品质优劣,仅从小泉敬二这一件事情上便可高下立判云云。

熊阔海并没把这些报纸当回事,他在等待裴小姐的消息。算起来,裴小姐已经在电话总机上坚持了将近四十个小时,在他的事情上真正辛苦、真正用心的人,应该就是她了。

到了中午,裴小姐还没有打电话回来,倒是老于急匆匆地赶来了,他说上级领导有最新指示。熊阔海从床上坐起来，擦干净刺痛的眼中不由自主流下的泪水，又伸手到桌上摸了半天，这才摸到眼镜戴上，口中问：领导同志怎么说？老于说：领导同志认为“砍头行动”已经失去了控制，你的身份也暴露了，现在面临着巨大的危险，他们专门安排了交通员和护送人员，让你迅速撤离。熊阔海摇头道：没有这么简单，现在我是箭在弦上，不得不发。老于焦躁道：我可管不了你是不是上满了弦，领导让我护送你到菜码头，咱们现在就动身吧。熊阔海说：如果我中途逃跑，报纸上就会像嘲笑日本人那样嘲笑我们党组织。老于说：日本人派了大批特务渗透进租界里，都是冲你来的，组织上不同意你这样白白牺牲，他们会另外派人完成任务。熊阔海实在不方便告诉老于，除去上级领导的命令，他在这件事上还受到了杨小菊和安德森的威胁，于是便对老于说：你们不明白，如果我不能亲自完成任务，那可比白白牺牲还要可怕。

然而，老于还在坚持，他也只好先请老于安稳地坐下，再由他给组织上写一封短信解释此事。他在信中道：……虽然现在的局势非常混乱，但还是有线索可寻的，一旦找到小泉敬二的行踪，我必定会完成组织上交给我的任务，同时，由我亲自动手也可以更好地告慰我弟弟的英灵……从现在这一刻起，请组织上完全彻底地信任我，等完成任务之后，我会向组织上讲清一切隐瞒的事实，并请求同志们对我进行毫不留情的批判，以洗刷我身上的种种不洁……

他刚把信封好,裴小姐便推门走了进来。她的眼睛因为困倦已经皱缩到一处,身体摇摇晃晃,对熊阔海道:杨小菊和小泉敬二刚刚通过长途电话,但他们讲的是英语,我听不大懂。说着话她将手中的多层饭盒放到桌上打开来,上边菜盒里是红烩牛肉,下边饭盒里是罗宋汤,腋下夹着的是俄式黑面包,很显然,恋爱中的她也抛弃了节俭的美德。她口中催促道:你快吃吧!没有我给你买饭,这两天你肯定挨饿了。

熊阔海没有去注意桌上昂贵的饭菜,而是将目光放在了老于的表情上。老于果然老实不客气地质问道:这是怎么回事?你不是有老婆孩子吗?

面对这样一位口无遮拦的同志,熊阔海简直哭笑不得,但是,如此纠缠不清的关系是他自己惹下的,所以,他也就没有理由去责备革命同志不肯装聋作哑了。就在这个时候,开公寓的白俄老太太替他解了围,她在楼下高声叫道:熊先生,有人打电话找你,说他就是你要杀的那个日本人。

电话听筒中的声音呜呜的像刮风,一嘴南腔北调的英语从风中传来:您是熊阔海先生吧,我叫小泉敬二,冒昧给您打电话,请您原谅。

小泉敬二的英语虽然差,但语调文雅,语气殷勤。熊阔海便也客气地问:听说您到北京去了,什么时候回来呀?小泉敬二道:在您弟弟身上发生的事,我很遗憾。熊阔海还在问:您什么时候回天津?小泉敬二道:您在报纸上把我骂成那个样子,陆军部和参谋总部的长官们都火了,我不回去不行啊。我知道您要杀我,我不怕,明天晚上7点整,我会去日侨俱乐部参加居留民团为我举办的欢送会,当天晚上就乘火车去上海。熊阔海道:7点天已经黑了,我没法看清楚您的相貌。小泉敬二问:如果我请他们把会期改在下午5点整,您是不是就能用机枪清楚地瞄准了?熊阔海道:明天如果是晴天,应该没问题。小泉敬二道:那就说定了,明天下午5点整。然后他问,您不介意我把刚才的这段对话刊登在报纸上吧?熊阔海道:也欢迎记者们明天到现场观摩。小泉敬二道:那就请您稍等一下,我先把记者们请出去,然后与您讲两句知心话。过了好一会儿,话筒中的声音突然大了起来,小泉敬二道:请你听清楚了,我已经派人包围了你老婆的住处,如果你不肯听从我的命令,你、你的老婆、你的女儿、你的情人裴小姐、你的上司老于、你的帮凶老满,还有跟你一起策划这件事的所有共产党人,到了明年的明天,就是你们的祭日……

听到小泉敬二最后的这段话,熊阔海不由自主地笑了起来,因为他刚刚想到,如果现在就告诉小泉敬二,参与策划刺杀行动的还有杨小菊会怎么样?但是,他还是轻轻地将听筒放下了。即使杨小菊当真向小泉敬二出卖了他,那也无关紧要,只要小泉敬二明天肯回来。

回到阁楼里,他将与小泉敬二对话的前半段向老于和裴小姐复述了一遍，后边的内容则属于民族战争中的常态，他认为不值得一提。裴小姐听到这些居然不动声色，而老于却还在问：你跟这位女同志是怎么回事？

他知道这件事当着裴小姐无法解释，但还没等他开口，裴小姐却径自对老于道：不管他有没有太太，这都是我个人的事，请你不要干涉。老于一时语塞，呆望着熊阔海。熊阔海只能好言相劝：眼下最紧要的，就是请你把刚才出现的新情况向上级领导汇报。于是，老于脚下往外走，口中却还不住地念叨：难怪，难怪，难怪哪！

见老于走出房门，熊阔海也就顺便将写给组织上的那封信捏成一团，塞进衣袋里。他认为，自己虽然错过了一次向组织上坦白的机会，却重新赢得了另外一个向所有人证明自己的机会，尽管这个机会也许会像小泉敬二威胁的那样，会以他全家人的性命为代价。

再回过头来，他发现裴小姐又像往日一样，将长长的睫毛垂下来，静静地坐在一边，只是，这一次她坐到了他的床上。又过了好一会儿，红烩牛肉上结起了一层白色的油脂，裴小姐方道：菜凉了，我下去借老太太的炉子热一热。她端着饭盒与他错身换到门边，这才问：我刚才那样讲，是不是给你添麻烦了？她口中说着话，脚下却往外走。

熊阔海绝不能让她带着这份疑虑和担忧走出门去，便拉住她的手臂道：你把事实向我的同志和领导公开出来，我的心里反而轻松……

吃饱喝足之后，他安排裴小姐睡下，便走出家门。外边起风了，树上还没落净的叶子哗啦啦地响，行人都加快了脚步，但他却走得很是安然。这种鼓腹而游的感觉久违了，油腻的俄国菜让他有了一种置之死地而后生的信心，他便想去最后看一眼他的太太和女儿。

不想，他刚刚拐上爱丁堡道，便跳出来一名华人巡捕将他拦住，说：熊先生您怎么到这儿来了？说着话便指给他看远处街角上的一辆黑色汽车，说，日本人已经把您太太住的这条街封锁了，您一露面必定会被乱枪打死。

熊阔海没有理会他的警告，而是继续往前走。他在心底倒是希望那些日本人有胆量向他开枪，因为，他与小泉敬二的对垒如今已经被杨小菊操纵成一出大戏，等着看戏的观众太多了，小泉敬二如果在这个时候杀死他，便等于承认了自己以及整个大和民族的怯懦，同时，也就丧失了威胁他太太和女儿的理由。

华人巡捕跟在他身边仍在不住地劝阻，说，安德森先生交代了，如果让您被日本人杀了，就罚我们每个人半年的工钱。见实在劝阻不住，他便摸出一只警哨狂吹起来，于是，街上各个角落中一下子蹿出二三十人，应该是安德森和杨小菊的手下。他们排列在街道两旁，目送着熊阔海走过。日本人的那辆破旧的黑色汽车没有任何动静。

坐在太太的床边,他发现她的嘴唇黑紫,眼睑浮肿,手像冰一样凉。女儿围着被子坐在床角,尖尖的小脸上只剩下一对大眼睛。她们还没吃午饭，但他没有时间替她们安排午饭,便数出两百元钱交给太太,告诉她明天,最迟后天,安德森就会安排她们坐火车去上海,但他公务在身,不能亲自送她们了。他太太紧紧抓着他的手,问他工作还顺利吗。他说一切都很好,只是太忙,抽不出时间来看望她们。女儿却突然问:您真要杀死那个日本人吗? 房东说您可能干不成。

女儿的话让他吓了一跳,再去看太太,他太太说女儿自己也会读报,什么事都瞒不了她。他只好说:我的同事们都是好样的,他们会帮我,你们不用担心。女儿又问:日本人会不会在火车站把我们拦住,不让我们上火车……

女儿的担心不是没有道理,但他已经无能为力了。明天无论他是否刺杀成功,日本人是一定要报复的,自然会向他的妻女下手,而她们母女现在是三方人马共同看守的囚徒,任何人也无法从这么严密的看守下将她们转移出去。

虽然他对安德森的承诺和办事能力抱有很大期望,但他清楚地知道这有多难。一旦他杀死小泉敬二,不论什么人再帮助或扣押她们母女，都将意味着要与包围租界的十几万日军对抗,所以,到了那个危急时刻,安德森很可能会违背对他的承诺,将她们母女丢下来自生自灭。

他太太让女儿到房东那里给爸爸讨一杯热水,见女儿走出门去，她忙问：房东说外边街上聚了很多人，都是看押我们母女的，是这样吗？熊阔海只能点头。她又问：这是不是说，我们很可能再也离不开这里？他只好再点头，看起来，他太太已经清楚地意识到自己和女儿的危险处境。接下来他太太说：我是死是活无关紧要，你一定得把女儿救出去……

然而，熊阔海认为自己已经将整件事的方方面面都看清楚了，所以，除去胆怯逃跑，他再没有其他办法可以改变事情的进程。其实，即使他真的逃跑，甚至是选择自杀，也仍然改变不了什么，更解救不了他太太和女儿，而只会让事情变得更坏，让他因为一个人的胆怯而使整个党组织甚至整个民族蒙羞。

在步行前来的路上，他原本还在操心要不要把这个绝望的处境告诉太太，但他没有把握，担心太太会在激动中当即死去。如今他发现，既然他太太已然清楚地了解了她和女儿的绝境，他所能做的也就只有拉住太太的手，连说几声对不起，然后硬起心肠离开。

于是，他认为自己比日后可能背弃诺言的安德森更加可恶，因为他这是亲手将妻女抛弃在了自生自灭的悲惨境地。

13

安德森开着警车来接他，一路上赔着小心，仿佛他是件娇贵的瓷器。然而，熊阔海却没有心情理会安德森的殷勤，因为他还在为安德森可能会背弃诺言，抛弃他的妻女而生气。

见熊阔海回来，比利时二房东一步蹿上前来，拉住他的手臂哭叫不止，说，无论如何您也得马上搬家呀，原以为您不过是个绑票的，谁曾想是共产党要在我的楼里跟日本人开战……安德森上前护住熊阔海，劈头盖脸地给了二房东几巴掌，然后粗暴地将枪管深插在他的嘴里，推着他往楼里走，直到熊阔海也进了门，这才将他放开。

公寓里的那些很像是罪犯的房客此时都走出来看热闹，见到熊阔海，便噼噼啪啪地鼓起掌来，有人上前亲热地拍他的肩头，还有人塞给他一根擀面杖粗细的雪茄烟。熊阔海口中与众人打着招呼，让自己好像是个大名角似的被他们簇拥着，心里却苦得很。看起来，杨小菊的宣传攻势居然产生了意想不到的效果，他已然被众人当成了这出大戏的主角。

阁楼里只有老满一个人，门外守着三位党组织派来的同志。老满一见熊阔海进门，便叫起撞天屈来，说他冒险来到天津卫，别的不指望，好吃好喝好待承总该有吧。可从早上到现在，他水米没沾牙，更别说一咬一兜油的肉包子了。熊阔海让门外的同志去对面小吃铺给老满买两套煎饼馃子回来，而他则顾自研究架在桌上的机枪。

老于方才见面时告诉他，机枪跳动的毛病他已经给治好了。现在看来，情况还不错。老于做了四个锚爪样的铁钩，又在方桌上打了四个洞，然后让铁钩穿过桌面，把机枪前支架的两只锥形脚固定在桌上，桌面下再用螺栓将铁钩拧死。这样一来，机枪在桌面上就不会移动了，但是，他无法确定射击时方桌会不会跟着一起跳动。他用手掂了掂方桌的分量，觉得还是太轻，但要是找重物压在桌面上，却又没有合适的物件。

正在为难之际，老满说，俺有个好主意，要是管用，你得给俺买肉包子。说着话，老满到门外提了一桶水进来，将前任房客留下的那一堆酒瓶子灌满水，再用麻绳将一簇簇的酒瓶子捆扎在桌脚上，此时再移动木桌，便已经不那么容易了。熊阔海夸赞老满聪明能干，老满自夸说他天生手巧。安德森在一边看他们干得起劲，便笑着对熊阔海说，等事成之后,你干脆把这家伙留下来当跟班吧。但熊阔海还在因为安德森可能犯下的“罪行”而生气,便没搭理他。

机枪跳动的难题解决了,熊阔海让老满为他小心地移动桌子,他向日侨俱乐部瞄准。透过瞄准镜他看到,射击线路刚好能从斜上方到达日侨俱乐部门前。唯一的问题还是视场太狭窄,如果他在小泉敬二走出汽车时便射击,成功的几率并不高, 因为他担心小泉敬二与前来迎接的人鞠躬行礼时,汽车会挡住小泉敬二的身体。如果他将弹着点定在小楼的大门口,他又担心有人在小泉敬二身边簇拥,会遮挡射击线路。这样一来,小泉敬二从下车到进门,唯一没有遮挡的便只剩下他走上台阶的那一两秒钟了。日侨俱乐部门前共有三级台阶,高不足一米,如果将弹着点定在这里,他就等于选择了一个移动目标。在这样狭窄的视场中射击移动目标, 难度可就太大了, 更不要说他的机枪还被固定在方桌上,根本就没有大幅度调整射击角度的余地。

怎么办? 他把枪托紧顶在肩窝里, 将枪身轻轻地移动,让眼睛适应从台阶下跟踪到台阶上的射击过程。一辆汽车驶进日侨俱乐部,车上下来一个人,拾级而上,但在他的瞄准镜中,那人只是一闪而过,根本没给他瞄准的机会。他将瞄准镜小心地调整一下,让视场变大一些,但目标也就相应地变得很小, 瞄准镜中细细的十字线变得几乎和门廊上的柱子一样粗。再调整,稍好一点,再调整,视场又太小了……

从现在的情况看，想要一发命中根本就不可能，但他又不想连发射击，因为他还是信不过固定在桌子上的机枪当真不会移动。从这么远的距离射击，他这里移动半毫米，子弹飞到那边就得差上五米左右。

安德森很关心地问：能行吗？没问题吧？

熊阔海将机枪小心地放好，回过头来直视着安德森的眼睛，也怒冲冲问道：你能行吗？你没问题吧？

安德森沉吟了一下说，现在不像前几天，要想把你太太和女儿顺利送走，确实有些难。熊阔海也实话实说，这挺破机枪，再加上你们这些破人搅起来的这些个破事，要想让小泉敬二一枪毙命，也很难。

安德森问，你说怎么办才好？熊阔海也问，你说呢？这时老满在一边开口了，他说，这么远还想一枪就打死他，俺看你老哥也只能是“尽人事，听天命”了。

熊阔海用英文将“尽人事，听天命”的意思解释给安德森听，然后问，是这样吗？安德森说，是的，我会尽全力，只要上帝不反对，我就一定能把她们救出来。熊阔海说，那么，我也一定会开枪。

不论日后的结果怎么样，他总算是从安德森嘴里又掏出了一个承诺，熊阔海的心情稍稍安定了些，便对嘴里塞满煎饼馃子的老满说，明天晚上就能送你回家了。老满含糊不清地说，给俺买肉包子。

这时，门外传来担任警卫的同志与人争执的声音，安德森出门去看，不一会儿便领着法租界的总巡捕走了进来。

那法国人是个矮胖子，体宽与身高相差无几，险些挤不进阁楼窄小的木门。他进得门来便用本地土语高声问：谁是熊阔海？谁是“第四条好汉”？

熊阔海听出来了，此人能知道他的名字和《隋唐演义》里的“熊（雄）阔海”同名，而且知道那个熊阔海排名天下第四条好汉，说明他必定是本地的“土生子”，自幼跟着天津孩子满街跑，听评书《隋唐演义》和《三侠剑》长大的。于是他抱拳拱手道，请问您是？法国人说，你就是那个刺客？怎么看着倒像是摆卦摊算命的！

接下来，法国人便舞动着小胖手，开闸放水般说起来，土语讲得极溜，不像安德森带着外国腔。他说，你们哥俩拿我当嘛啦？涮我玩儿哪？骗我说腾间房子做买卖，谁曾想是给我招灾惹祸。工部局的老爷们说了，让我立马过来拿人。怎么着？怕了吧？别怕，还有更厉害的，我这刚要过来拿人，小日本儿出来“挡横”了，派人跟工部局主席说，必须得先让你放枪，然后再拿人，听不见枪响不许我们动你一根毫毛。工部局的老爷们怕日本人再封锁租界，就答应了。我也不知道你跟小日本儿这唱的是哪出戏，可有一节，开枪之后不许跑，你得让我拿住，要不我没法交差。当然了，你既然有胆子干这路活儿，必定不怕死，若是不想在小日本儿那受刑，只要老老实实让我拿住,等我把你交给他们的时候,必定让手下人偷着塞给你一小块刀片,进了小日本儿的大牢,割脖子割腕就随你啦……

安德森问法国人:日本人不让你动手,会不会是他们想自己动手?法国人说,这可没准,现在楼下这条街上到处都是带枪的混蛋,我也分不清谁是小日本儿,谁是共产党,反正都是来给我惹事的。安德森建议道,明天下午你在这条街上戒严怎么样?法国人说,你这是胡出主意,戒严不等于拉偏手帮着共产党吗?小日本儿哪能饶得了我?我告诉你们,都是哥们儿弟兄,我谁也不帮,明天你的机枪响起来之前,我带着弟兄们躲得远远的,免得溅一身血,可等你这边完事之后,你也别琢磨着溜号,乖乖地在这儿等着我来拿人。

等法国人把话讲明白了,熊阔海才开口道,既然是这样,那就让您费心了。说着话他便往外送客,谁想法国小胖子将手一摊道,哪有这么容易,我让手下人顶着枪子儿替你照应街面,你总得给他们弄双鞋钱吧!安德森一听笑了起来,说,他是共产党,穷得连老婆孩子都顾不上,哪会有钱给你?没找你化缘就不错了。说着话,他便连哄带骗地将法国人弄了出去。

法国人的出现让熊阔海明白了一件事,一定是杨小菊操纵的报纸把小泉敬二骂狠了, 他的上司觉得这件事大大地损伤了日本人的颜面,所以,他们必定会逼着小泉敬二准时出现在日侨俱乐部,好让所有人都知道日本人是有胆量的,敢于冒着被杀的危险出现在机关枪的射程之内,这也就是为什么日本人不许法国巡捕提前抓他的原因。但是,他无法相信小泉敬二当真会自觉自愿地出现在他的枪口之下,日本人偏爱阴谋诡计,在明天开枪之前,很难说小泉敬二会再搞些什么小动作。

安德森再次进门时,开口便问熊阔海,事成之后你打算怎么撤退?熊阔海苦笑道,你这是说笑话,我根本就没有退路,只要你把我太太和女儿安排好,我是死是活也就无关紧要了。安德森问,你难道真的听那个法国混蛋的,就在这儿等着他来抓你?熊阔海道,“君子一言,驷马难追”,你也应该记住这话。其实他心中想的却是,等他刺杀成功之后,只要老老实实地被捕,日本人或许就会放弃对他妻女的报复。

安德森摇头叹气,折腾了半天方道,你这是何苦呢?参加共产党就这么好玩吗?完事之后还是逃吧,我帮你。熊阔海道,你只要把答应我的事情办好,就是帮我了。于是,安德森有些激动起来,上前紧紧将他抱住,说,我明天就不过来了,你自己照应自己吧。然后他便拉着老满走出门去,说有几句话要交代给他。

熊阔海没有送安德森出门,而是转过头来望向窗外。他真希望和小泉敬二约定的是今天下午而不是明天,照这样等下去,一来是不知道中途会再出现什么变故,二来是他的神经已经有些禁受不住了。

如果现在就开枪，他觉得应该有把握，但是，如果再经过一天一夜的煎熬，他是不是还能准确地射击就不得而知了。除去神经紧张和劳累之外，最大的障碍就是他不知道当他瞄准了小泉敬二之后，瞄准镜的十字线上出现的会不会是他母亲被达姆弹毁掉的那张脸……

他摘下眼镜放到桌上，让刺痛的眼球休息一会儿。医生说他的视网膜有严重病变，而且玻璃体混浊，如果不小心养护，视网膜就有脱落的危险。摘下眼镜之后，窗外的河流、建筑就像是一幅焦点不准的照片，冬日傍晚的阳光斜射进来，只照亮了半边窗框。他又戴上眼镜，从瞄准镜中向日侨俱乐部望去。此时恰好是下午5点钟，他很庆幸选择了这个射击点，如果像当初设想的那样选择了意租界的回力球场，他就不得不在逆光中瞄准，而那个时候，他的眼睛即使没有被穿过瞄准镜的阳光灼伤，也很难在镜片的炫光中看清目标。

14

老于来了,带来了领导的最新指示:领导说你这种大无畏的革命精神很是值得表扬,他们要树立你为抗日英雄、杀敌模范,号召全体同志向你学习……他们不同意你就这样牺牲,命令我在行动之后一定要把你救出去……

领导能不再坚持把他撤出这次行动,熊阔海就很满意了,是不是被树立成抗日英雄无关紧要,因为他知道,如果他当真还能活着见到上级领导,一旦他们听完了他的坦白,他们自然就会另做考虑。事情发展到今天,他认为自己不能再伪装下去了,这次行动之所以最后弄成这个样子,全都是因为他在众人面前把自己装扮成了另外一个人,而不是那个真实的熊阔海——一个心理有障碍的、怯懦的、自以为聪明绝顶但实际上缺乏办事能力,而且还有些多愁善感的理想主义者。

他这样批判自己并不仅仅是因为一直被安德森、杨小菊、小泉敬二和老于所控制造成的挫折感，不是的，这是因为他终于有勇气面对真实的自己，勇于面对内心之中所有不适于承担崇高使命的缺陷与软弱。虽然所有的人都对他造成了巨大的压力，但他们也同时成为他的镜子，清楚地映射出他的内心与身份之间的种种不相称，清楚地描绘出了他始终不敢面对的那个镜中影像。

老于又说，等把这件事干完，领导说要送你到抗日军政大学，去帮助他们组建枪械科……

在党组织面前，熊阔海一向是以军事专家和枪械专家的身份出现的，但是，他当真名实相符吗？他此时也在怀疑这一点，因为，在老于进门之前，他和老满之间刚刚发生过一场关于枪械的热烈讨论。

当时，老满因为没能吃上肉包子还在生气，见熊阔海在那里调整机枪，便抱着肩在一边甩闲话：人人都说你是个大行家，俺看你也就是个二五眼。熊阔海问他为什么要这样讲。老满用手指敲打着瞄准镜和固定枪架的铁钩说，不是俺小瞧你，打一照面俺就瞧你不是个干活的人，开枪杀人这么点小事，你看看让你折腾得，比娶媳妇还热闹，要是让俺干，用不着这么麻烦。

熊阔海问他有什么好主意。老满推开熊阔海，伸手抄起机枪，把眼睛顶在瞄准镜上望了望，便说，好主意说不上，俺们是乡下人，有也不过是土法子，可有一件你小瞧俺了，要说打机关枪，俺该当比你强。熊阔海问为什么。老满说，这机枪俺使了两三年了，光子弹没使过一千也得用了八百，熟能生巧不是？再者说，你看看你端枪瞄准的那个架势，一看就是个穿长袍的学生哥，必定没穿二尺半的褂子当过兵。再者说，瞄准镜这洋玩意儿俺也使过，每年秋天日本官儿拿它打大雁，俺也偷着用过，打大雁是一枪一个。你看见没有，看见没有，你得像俺这样，眼皮紧贴在这上边，别怕开枪时顶你一个“乌眼青”，然后把十字线放在那人的脚步前边，看他往前走你再扣扳机。来来来，这正好来了个人，你试试。

从瞄准镜中望出去，熊阔海看到一个杂役正在日侨俱乐部门前扫地，他小心地将十字线停在杂役的双腿上。这时他发现，老满调整后的瞄准镜，让那杂役的两条腿在镜中只占了不到五分之一的画幅，两边各给他留下跨出两大步的距离，这样一来，他便可以依靠肩部细微的移动来跟踪杂役的脚步。他再将十字线向上移到杂役的胸腹部，故意不去注意已经出现在视场中的“那张脸”……

老满又将他推到一边，抢过枪去说，你得把眼皮紧贴在上边，怕什么了？你看俺的，耶！瞧瞧！来了几个人儿，皇军小日本儿。熊阔海拿起双筒望远镜向目标观看，只见从日侨俱乐部大门中跑出来几个人，样子恭顺地侍立在阶下。一辆黑色的小汽车驶进院门，停在阶前。这时老满抱着机枪对他说，让俺教给你怎么打这路坐车，你看见车门开了吧，这是第一个机会。虽说有汽车挡着，但车里的人出来总要在车门前停上一眨眼的工夫，朝脚底下看一眼有没有绊脚的物件，然后再关车门，这个时候你瞄准他露出来的上半身开枪，一打一个准。下一个机会是他跟来迎他的人鞠躬，弯腰时他的身子被车挡住了，一二三，扣扳机，等他直起身子来，枪子儿也恰好刚到。第三个机会，他要上台阶，十字线瞄准他的脑袋，让他往上走，开枪，子弹正中他的胸口，他就玩完了。现在他到了台阶上边，身子被来迎他的人挡住，没办法了。

虽然双筒望远镜的倍率远不如瞄准镜高，但老满讲的一切，熊阔海都远远地看到了。老满又道，打人比打兔子容易，但是有一样，你得先看准他往哪边去，你老哥把瞄准镜里的人脸调得跟脸盆那么大，他一晃你就找不着了，更别说隔这么远跟着他走路了。

熊阔海突然有了一个新想法，便对老满道：你给我当机枪助手怎么样？

老满盘腿坐回到床上，笑着摇头道：俺是皇协军，你让俺开枪打日本人，回去俺还活吗？

熊阔海耐心劝解道：我没让你开枪，而是我开枪，你只管帮我拿望远镜看人。

老满还是在笑：就你那眼神，那学生哥的架势，也就能摆个倭瓜打着玩，还想打人？俺知道，你们天津卫的人心眼多，好拿俺乡下人耍着玩，俺要是答应了你，到时候开枪的还得是俺哪！

熊阔海也笑了，坐到他身边，拍着他的肩膀道：就算是你开枪，你们辛店的日本鬼子也不会知道你在天津干了什么。

老满不笑了，换了一副嘴脸道：可俺自己知道哇，万一说漏嘴就是个死，那时一家老小靠谁养活？乡下人没钱哪，没钱哪能卖命啊？

一说到钱的事，熊阔海的心中便开阔起来。他拿出生意人的劲头，亲热地搂住老满的肩膀道：我不会让你开枪的，这是我自己的工作，不能假手于人，你只帮我拿着望远镜看情况，告诉我汽车什么时候进院门，是不是我等候的那辆车，车门什么时候打开，人下来没有。

老满没有回话，只是扭过头来拿眼瞧着他。熊阔海又道：不管事情最后是个什么结果，你只要帮我，我就给你100块钱。老满说先给钱。熊阔海立刻拿出老于给他的那笔钱，数了100元联银券给他，不想被老满用手挡了回来，说，这是小日本儿的钱，俺们乡下人不认，你得给俺法币。

老满说得有道理，日伪银行发行的联银券只在北方的大城市里流通，广大的农村还一直在使用国民政府的法币，而且在兑换时，法币的币值比联银券要高些。这一点熊阔海没想到，但他现在也没有时间到黑市上去给老满换法币。这时，老满又道，俺也想明白了，不就是帮你看个人吗？要是真给俺150块钱法币，俺就帮你看，可有一样，你今天得给俺买肉包子吃。

老满说到肉包子，让熊阔海突然有了主意。他拿起电话，要通了杨小菊的家。杨小菊在电话中乖巧客气得像个小媳妇，说，我这一整天都在等您的电话，但又怕直接给您打电话会搅扰您，心里正在为难，您的电话就来了。熊阔海不想听他的客套，便直截了当地告诉他，让他立刻派手下人去买二斤“狗不理”肉包子，再拿150元法币，一起给这边送过来。

他觉得，在刺杀小泉敬二这件事上，杨小菊一直躲在背后捣鬼，此时也该出点正经力气了，再者说，此前反正已经因为妻女和裴小姐的事丢脸求过他一次，现在为了革命工作再求他一次，也不会让自己变得更丢脸。

杨小菊说吃食没问题，钱也没问题。熊阔海又问他裴小姐那边怎么样了。杨小菊说，您只管放心，我给她派了四个保镖，日夜跟随，保证不会出错。最后杨小菊终于忍不住问起熊阔海的准备情况，子弹够不够用，射击点周围有没有人打扰等等。熊阔海不喜欢听他这套假惺惺的问话，便老实不客气地把电话挂上了。

放下电话，他对老满道，你的肉包子有了，钱也有了，一起干吧。老满道，干这点事倒是没啥，可俺还是担心，俺是皇协军，你的共产党上司信得过俺吗？熊阔海心中一阵不快，便道，这次是我杀人，我说你能行，你就能行。老满终于同意了，说，看在钱的分儿上，也看在你这么客气，没瞧不起俺乡下人的分儿上，好吧，俺干。

也就在这个时候，老于进门了，传达了上级指示，结果却引起熊阔海对自己越发地厌憎和自责。老满此时也看出眉目，躲在老于身后一个劲地朝他使眼色，让熊阔海别提请他当助手的事。其实，熊阔海原本也没打算将这件事告诉老于，现在情势紧迫，容不得再向上级请示、商量，他必须当机立断，把这件事做成。至于说日后见到领导该怎么说，他没有细想，而且也没有细想的必要，因为，他清楚地知道自己多半是见不着领导了。

老于传达完上级指示，便找个干净墙角坐下，吸他的劣质卷烟；老满掏出烟袋，盘腿坐在床上吸旱烟；而熊阔海也拿出楼下房客送给他的大雪茄点上，不一会儿，阁楼里便好像失火一般。三个人各想各的心事，没有人讲话。

门外又是一阵喧哗，让熊阔海觉得，自从杨小菊把这件事搅成了戏，他这里热闹得就好像是戏园子。他拉开房门，见门外站着个穿白色西服上衣戴领结的年轻人，脑袋上被保护他的同志一边一支毛瑟枪顶着，吓得直哆嗦。

熊阔海问他有什么事，那人说，我是大阔饭店的襄理，送来了您定的饭，还有您兑换的150元法币。说着话他把身子往下一矮，从枪口下溜到一边，闪出身后的两个小伙计和一只半人高的大食盒，口中说“您老慢用，我明天再派人来收拾家伙”，然后便逃也似的去了。

大阔饭店里有英租界最好的中餐厅，熊阔海没变穷之前是那里的常客。食盒抬进阁楼，大盘小盏的围着机枪摆了一桌，但是，没有老满要的肉包子。

熊阔海知道这是杨小菊在花钱赔小心，生怕他一个不高兴，明天不肯干活，便对老于说，把同志们叫进来一起吃吧，这两天大家都辛苦了。他又想安慰老满两句，很抱歉没给他弄来肉包子，但老满此时已经顾不上这些，他正抱着一盘“炸八块”猛啃，口中还不住地叫道，把酒打开，把酒打开，今儿个俺要一醉方休。

老于熄掉卷烟，面对满桌佳肴运了半天的气，方才问道，你这是……

熊阔海勉强笑道，明天就要上战场了，今天我请大家好好吃一顿。他到底还是没能对老于讲实话，因为，如果他讲明这是国民党特务请客，老于必定会对他产生误解。

听说熊阔海如此糟蹋革命经费，老于立时怒容满面，但没再讲话，而是径自走出门去。

抗战期间物力艰难，杨小菊安排这么高级的一桌菜，肯定费了不少心思，但熊阔海却在想，不知道他太太和女儿今晚有没有饭吃？也不知道正在电话总机上替他监听消息的裴小姐今晚有没有饭吃？想到此处，他便一下子没了胃口。

15

为了保护熊阔海的安全，老于和另外三位同志一直守在门外，夜里也是握着枪睡在走廊的地板上。

今天是干活的正日子，熊阔海特地让老于帮他将头发修剪整齐。老于一边为他理发一边说，上级领导很敬佩你的胆量和勇气，夸赞你是那种明知道危险还要向前冲的战士，为了革命事业可以牺牲一切……

但熊阔海并没有听老于说话，而是兀自翻看今天的报纸。殖民者创办的英文报纸、国民党控制的报纸、教会出资办的报纸、日本人和汉奸办的报纸，还有各种抗日小报，都用了很大的篇幅来报道他与小泉敬二的这场“有关勇气的表演”。

是的，熊阔海认为这确实是一次“有关勇气的表演”。这场由杨小菊发动的舆论攻势，已经在众多参与者的裹挟、吹嘘和漫无边际的赞美之下，将他们二人的对抗描绘成了一出宏大的戏剧，而且是类似于莎士比亚所擅长的那种有关命运的悲剧和英雄史诗。而他熊阔海，作为这出戏的主角，在“故事”中看似有多种选择，实际上却别无选择，因为，不论是从革命者的立场上，还是从抗日斗士的立场上，哪怕仅仅是从一个普通的保卫家园的男人，或者是从一个丈夫、父亲甚至情人的立场上，他都必须瞄准小泉敬二扣动扳机。从另一方面讲，即使他不再顾及自己的尊严，只是为了所有热心的看客，他也必须这样做，倘若不能如此，他就必定会因为一己之私而使整个民族蒙羞，使他的党组织蒙羞。

除此之外他还能猜想得到，他的对手小泉敬二也必定是像他一样，面临着悲剧人物的选择。如果小泉敬二不肯露面，那么他就会像报纸上所嘲讽的那样，成为怯懦的小国寡民的代表人物，成为连匈奴人都不如的中华大地上的过客，而日本对中国的侵略和占领，也就如同巨人身上生出的小小的疮疔，很快便会痊愈。

然而，从报纸上的种种评论和报道来看，他认为所有的参与者都没有看到事情的真相。在他看来，不论是从国家政治和民族战争这些大背景上来看，还是从个人的勇气和意志上来看，他与小泉敬二作为个人，都是被挤压到了绝境之中的悲剧人物——尽管是罪有应得，小泉敬二也必须冒险出现在他的枪口之下，而他则必须面对射击后被抓捕并且最终死在日本人手中的结局。如果从自私的个人化角度来看，他与小泉敬二同样是“迫于无奈”，于是，这出原本悲壮的戏剧便又因为个人命运的荒诞而喜剧化了。是喜剧吗？胡说八道！小泉敬二可是杀害了数百名抗日志士的侵略者，熊阔海当即批判了自己这些软弱的想法。

房门一响，比利时二房东端着一壶咖啡走进来，神态与昨天截然相反。他放下咖啡壶便学着中国人的样子向熊阔海作揖，口中道，谢谢您老带着我发财，从早上到现在，我已经卖出去一百多张门票，他们都是花钱来看你“演出”的。熊阔海问他是怎么一回事。二房东说，昨天是我见识浅，看不出您是位大英雄，其实人人都对您敬佩得很，想要亲眼看看您怎么杀死那个日本人，这就好比罗马狂欢节上的死刑，我已经把楼上朝北的窗户和旁边相连楼房的房顶都腾出来，卖票给出得起钱的阔佬和记者上来观看。

熊阔海被这个消息气得想笑，但一时间又不知道说他什么好。二房东又道，另外，回力球场的赌头主动找到我，在楼下跟我合伙为您和小泉敬二开了个赌局，现在的赔率是1:1.25，大家都看好您，您要不要也往自己身上押一宝？见熊阔海面色不善，他忙道，您不用生气，等这件事过后，我一定会分红给您，您可不能让大家伙儿失望，要拿出真本领来给他们开开眼。然后他又眯起笑眼，神秘地说，有位女士现在门外，她很崇拜您，想见您一面。

熊阔海以为是裴小姐来了，心下猛地一惊，便不由自主地替她担心起来。这个地方现在就如同火药桶,任何与他挨得太近的人都必定会受到伤害。不想,二房东把门一拉,走进来的却是位身高体壮的白俄小姐。只听老满在一边惊叫道:俺那亲娘唉,昨个晌午俺上茅厕,才一拉门,就从里边走出来这位顶天立地的外国娘儿们,头发像金条,脸像洋白面,还冲着俺飞眼儿咧……

二房东说,这位年轻貌美的卡捷林娜女公爵就住在您的隔壁。卡捷林娜媚眼如丝,伸手给熊阔海。熊阔海从理发用的肮脏围布下伸手出来与她握手。她说,我们俄国人与日本人是世仇,你能这样做真是了不起,我敬佩你,等这件事结束后,请到我那里住两天,你是英雄,我免费招待你。

幸亏卡捷林娜讲的是英语,老于和老满都听不懂,否则,这就又是一桩丑事。熊阔海为此摇头不已,事情演变到现在,这出戏已经变得既不是悲剧,也不是喜剧,简直就是闹剧了。

等送走了卡捷林娜,老于继续给他理发,而他则接着读报,两个人都没有开口,只有老满在一边啧啧赞叹,说,俺来天津卫的两大愿望总算满足了一个,等再吃上一咬一兜油的肉包子,就算立时三刻死了也不冤。听到这话,老于怒冲冲接口道,你别再抱怨啦,一有机会我就给你买。

熊阔海知道老于一定是在生他的气,但他不想解释什么,因为,像他这样一个要死的人,只要能牢牢地守住“大义”,别人对他的任何看法都已经毫无意义。

头发终于理好了,老于拿了把笤帚清理地上的碎发。熊阔海觉得脖子里痒痒的,但没有热水洗头,便又回到桌边去检查机枪。他故意对老于说,我还是有些担心,这挺机枪卡壳的痕迹太重,万一到时候又出毛病怎么办?老于从衣袋里掏出一只小玻璃瓶给他,他打开一看,发现里边装满了淡黄色的糊状油脂,用鼻子闻一闻,味道挺香,显然不是枪用润滑油,但也不是凡士林。老于说,润滑油和凡士林都是日本人严格控制的军需品,在黑市上也买不到,我今早特地去法国菜市买了一小块黄油,但天气太冷,黄油太硬,就又在旁边饭馆里要了一小勺豆油跟它掺和在一起,凑合着应该能用。

熊阔海把机关枪的套筒座拆开,将这种味道颇佳的润滑油注入油槽中,然后重新安装好,再装上弹夹拉动枪栓,果然,子弹沾上润滑油之后,退弹时很是顺畅。但他还是不放心,便又将进弹斗中的子弹退出来,在每一发子弹的肩部都均匀地涂抹上润滑油,然后重装弹夹,再将弹夹压入进弹斗。只是,在重装弹夹的过程中,他背着老于将每一夹中的三颗达姆弹改成了一颗,其他的都是铅头子弹。他这样做,一方面是担心老于自行改造的达姆弹在飞行过程中会出现偏差,另一方面他也是担心使用达姆弹会给他的心理造成不必要的压力,以至于引发那个让他深恶痛绝的“痼疾”。

老满亲见他昨晚与老于因为用多少达姆弹的事曾有过争论，此时见他做手脚，便在背后坏笑不止，但当着老于的面却又一脸干净，什么也没讲。

又有人敲门，是那个头戴红色毛线帽的报童，给熊阔海送来了新出版的《烽火报》，报上讲的也是有关他的事，将他赞美成一位了不起的勇士和抗日英雄，号召全国人民向他学习，但报纸的版面不如他设计的漂亮，而且刻蜡版的仿宋字也不够标准。

报童自从进门后便两眼紧盯着熊阔海，目光中满是钦敬，还小心翼翼地伸手摸了摸机枪的枪托，这才说：对面街上的日本人加岗了，还架起了重机枪，你不怕吗？

熊阔海和老于从窗口望下去，发现日租界与法租界相邻的秋山街口上已经用沙包垒起了工事，有一个班的日本兵守在那里，沙包堆成的胸墙上也架起了重机枪，枪口朝上指向他们的窗口。熊阔海眯起左眼，让右眼从伸直的手臂和大拇指上向重机枪望过去，然后又摆动拇指左右校正，这才对老于说，如果他们往窗子里射击，只会打穿房顶，但是，如果他们朝窗台上射击，很快就能把这面墙打穿，到时候我们也就危险了。老于问他有什么办法，他说这个时候想什么办法也没用，咱们只能硬着头皮干了。老于说，他们要是先开枪怎么办，我还是赶紧去找块钢板来挡在你身前。熊阔海说，他们不会先开枪，日本军队如果从日租界向法租界里射击，一定会挑起国际争端,小泉敬二的命还没有这么珍贵。

报童却说，您老尽管放心，我有办法让他们打不着你。老于问是什么办法,报童却说我现在就去招呼人,您老就瞧好吧。说着便一溜烟地跑了。

老于问熊阔海,你再想想,还有什么不周全的,我去办。熊阔海说,该准备的都已经准备好了,你现在可以带着同志们撤了。老于说,这话是怎么说的? 我怎么能撤呢? 领导给我下的是死命令,必须保证你的安全。熊阔海笑了,说,外边的重机枪只是假象,日本人必定还会有其他阴谋来干扰我,就算日本人不来,法国人也会在事后逮捕我,我不能让你和同志们跟着我白白牺牲,否则我的罪过就更大了。

老于这一次真的生气了,把眼一瞪道:我早就知道你瞧不起我,客客气气的,从来也没把我当作过命的革命同志。我告诉你,你的任务是杀死小泉敬二,我的任务是保护你周全。既然你不跟我交心,我也就不必死皮赖脸地交你这个朋友,从现在开始,咱们各干各的,我就在门外,有事您老人家请吩咐。

讲完这番话,老于一甩袖子便往外走。熊阔海不想让他带着误会走出去,便上前拉住他的胳膊,也就在这个时候,电话响了,是上级领导找老于。老于一边接听,一边捂住送话筒对熊阔海说,领导说要派更多的同志过来。熊阔海连忙摆手道,别,你告诉他们,就说咱们已经有了脱身的办法,但电话里不好讲，请领导放心便是了。老于照着这个意思讲了，等他放下电话，熊阔海对他说，我不是不想亲近你们，只是我实在不知道跟你们聊什么，万一遇到个喜寿事的怎么跟你们来往，所以才显得生分。老于说这都是因为你的小资产阶级思想闹的，但他的脸色已经不再像方才那样铁青了。

老满见气氛缓和了，便在一边甩闲话：都说汉奸不好当，看起来，共产党也不好当啊！

这时外边又有人叫门，还是大阔饭店的那位襄理，来送午饭，依旧是丰盛的筵席，与昨晚不同的是，这一次没有酒。熊阔海知道，杨小菊这是怕他喝醉了干不了活，这家伙倒真是个细心人。

16

丰盛的筵席刚摆上桌,裴小姐便来电话了,问他吃午饭了没有,吃的是什么。熊阔海如实对她讲了杨小菊送饭的事,然后问她回家休息了没有,吃午饭了没有。裴小姐说她还守在总机旁监听,小泉敬二已经回来了,居然也知道她的事,还特意给她打了一个电话,说了不少客套话,并且派人给她送来了一盒生鱼片寿司,但她没吃。熊阔海问,那么,你午饭吃的什么?裴小姐略微停顿了一下方道,这几天一直是杨先生给我送饭,刚才他送来的是鲍鱼汤面和银丝卷,还有几样清淡的小菜。熊阔海问,你还吃得惯吗?裴小姐说,马马虎虎。

小泉敬二给裴小姐打电话的事,熊阔海可以理解,因为日本人在威胁人的手段上花样百出,颇有创造力,目的还是针对他。但是,杨小菊接连几天亲自给裴小姐送饭,这件事就有些古怪了。想到此处,他便不由自主地问:杨小菊还有什么表示？裴小姐犹豫了一阵方道:还有太妃糖和巧克力。

果然，熊阔海发觉自己一下子便怀疑到了事物的本质，原来杨小菊在他身上玩弄的所有这些花样背后，真正的、最有价值的目的却是裴小姐。只是，如果杨小菊仅仅是要招募裴小姐做间谍，尽可以胁迫、敲诈或者收买便是了，大可不必采用这种效果微弱、进程缓慢的“求爱”手段。

结束了与裴小姐的对话，熊阔海感觉心中很不是滋味，丰腴松软的“蟹粉狮子头”送入口中，味道也似“黄连上清丸”了。

慢慢地他发觉，在整个事件中，每一个参与者都怀有多重明显的和隐秘的目的，安德森、杨小菊、小泉敬二，包话他的上级领导和老于，他们都是主动的，有所期望的，唯独他自己完全是被动的，需要抛家弃子的。所以，从这一点来看，他又感觉自己很无私，很伟大，与此相比，此前他对组织上的那些小小的隐瞒便也算不上是可责备的缺陷了。

只是，让他唯一感到不明白的是，裴小姐为什么要将杨小菊对她的追求原原本本地讲给他听？有这必要吗？既然如此，她此前又为什么要在老于面前做出那么一番感情热烈的表白呢？他不明白，于是又没了胃口。

他打电话找杨小菊，杨小菊没在家，显然是去给裴小姐送饭还没回来，他便把自己的名字留给了杨公馆的管家，让杨小菊给他回电话。等放下电话回到桌边，却发现老满虽然正用一只“走油蹄髈”遮住半张脸，啃得着实热闹，但浮在蹄髈上方的两只眼睛，却满含着坏模坏样的笑意。他拿目光去问，老满笑道：你要是正为女人烦心，就跟俺说说，俺在辛店有一个大老婆、一个小老婆，外边还睡着一个寡妇，没有没见过的烦心事。他没有理会老满，夹了一筷子“焦熘肥肠”，却放进了蘸“赛螃蟹”的佐料里。老满又问，电话那边是老婆，还是相好的？要不就是你提起裤子不认账，没给人家付钱？见熊阔海当真要发火，老满突然将话锋一转，感叹道，你这个人哪，心思太重，啥都放在心里，积得多了，难免要上火害眼哪……

电话铃声响起，是杨小菊，语调谦恭得可疑：熊先生您有什么吩咐？熊阔海问：裴小姐那边你是怎么安排的？杨小菊道：裴小姐是位令人敬佩的女士，自尊自爱，贤德高雅，在下当真倾慕得五体投地……熊阔海拦住他的话头问：我是问你，保护裴小姐安全的事做得怎么样了？杨小菊道：上次我讲过，已经派了最精明强干的行动组过去，二十四小时保护她的安全。另外，我这两天一直在跟小泉敬二谈判，这也是没有办法的事，为了你刺杀他，他要报复在裴小姐身上，我只好低声下气地求他。侥天之幸，到了最后他终于答应了，当然了，代价极高，我必须通过汪精卫派驻在东京的办事处给他的家人送去五十两黄金，外加两条金华火腿和一斤“大红袍”。这件事我也只能跟你诉诉苦，因为你能理解，要是让别人知道了，我这就是私通汉奸和叛国……

杨小菊没有隐瞒他对裴小姐的倾慕之意，这倒让熊阔海心中宽慰了许多。如果这家伙百般遮掩对裴小姐的追求，那就很让人担心了，因为，熊阔海并不了解裴小姐在男人的追逐下会做出怎样的反应，不知道她能否应对自如，并且很好地保护自己。

不想，他刚刚放下杨小菊的电话，很快打进来的却是裴小姐的电话。她的语调中有些让他不解的紧张。她说，杨先生是看着我吃完饭才走的，当时有些话不方便讲。熊阔海问，是什么话不方便讲。裴小姐说，小泉敬二在电话中对我说，他给你准备了一大笔联银券，还在市政府里给你安排了一个管税务的肥差，他让我转告你，今天下午5点整你就可以拿着钱去上任，不要提前也不要错后。另外，我终于监听到了他给宪兵队打的电话，他让那边安排人5点准时到法租界巡捕房去接你，还有你的太太和女儿。熊阔海说，这些都在意料之中，但首先你得照顾好自己，保证安全。裴小姐说，杨先生说你把我的安全交给了他，但我不愿意让他管我的事，还是由你来管吧。熊阔海说，这只是一时的权宜之计，如果还有什么需要商量的，也只能等这件事过去之后再说了。裴小姐说，其他的事情就随它去吧，但有一件事你应该还记得，你可是答应过要带我走的……

放下电话，熊阔海这才想到，裴小姐方才的这番话，其实都是在转弯抹角地向他证实她对杨小菊一点兴趣也没有，她所关心的只有他一个人。这也难怪，因为他这里打进打出的任何电话，裴小姐都能听得到。这件事他刚才没想到，但杨小菊想到了，这家伙知道裴小姐正在总机那边监听他们的对话，便故意做了一番剖心裂腹般的爱情表白，而这种“背地里的”表白，必定会让任何一个女子都不由自主地感动的。

于是，他突然发觉自己所面对的都是一些“人精”，所有人都太过精明了，以至于让整个事件的每一处细节都变得精致而复杂。想到此处，他便给安德森打了一个电话，让安德森先去电话局把裴小姐接出来，找一家安全的旅馆住下，然后立刻去接他太太和女儿，在送她们上火车之前先隐蔽起来。他冲着电话大叫道：我不管你用什么办法，你必须给我办到。

从电话另一头传过来的声音，让熊阔海感觉到，安德森好像已经失去了当初逼迫他杀人时的那份媒婆般的热情，嗓音迟疑，吞吞吐吐，半晌方道：你放心吧，我答应了的事情一定会做，你放心吧……

但是，听到了安德森这样的声音，熊阔海便越发地放心不下，他不得不威胁道：你知道我是什么人，干的是什么事，也知道我的同伴都是些什么人，都会干什么事，所以，即使我今天死了，如果你不实现你的诺言，也必定会有人替我找你算账的。安德森好像并没有理解他的话，只是顾自道：你什么也不用担心，也不用死，下午5点的时候，我会准时在河坝道上等你，你认得我的汽车，我会带着你逃走，也会送你出租界……

话听到此处，熊阔海猛然心中一惊，忙问道：你一个劲地东拉西扯说要救我出去，我问你，是不是我太太和女儿出事了？安德森说：没有，没那么严重，只是……

就在这个时候，听筒里突然没了声音，他再重拨仍然没有声音，显然是电话线被人剪断了，或者是被人控制了。他猛地一拍大腿，发觉自己太疏忽了，既然他能让裴小姐在总机上监听小泉敬二和杨小菊，难道小泉敬二在电话局中就不会有内线吗？日本人为这场战争做了几十年的准备，而他们在日常工作中的周密和细致是熊阔海早便领教过的。

如果他的电话一直被小泉敬二的人监听，那么，他的这次刺杀行动对刺杀目标就毫无秘密可言了。想到此处，他不由得惊出了一身冷汗。

这时，电话铃突然又响了，果然是小泉敬二。他一开口先是道歉，说这是战争，什么办法都得使，控制这部电话也是为了方便彼此即时沟通，如果彼此之间能够取得谅解，那就再好没有了。熊阔海没有理会他的客套话，但也没有开口，只是静听对方的下文。如果小泉敬二再次提起他对裴小姐提到的那些诱降条件，便说明他已经黔驴技穷，失去了想象力和创造力。

小泉敬二接下来还是客套话：您的眼睛近来好些了吗？您的眼科医生说您的病情非常严重，随时都可能失明，但是他说您已经半年多没去复查了，而且上次他给您开的药您也没买，这是为什么？是不是共产党不给您钱治病？不过您也真有福气，我们日本国最著名的眼科专家前几天刚到上海，不行的话您跟我一起到上海去吧。不管我们之间有多大的分歧，您还是先把眼病治好要紧，我真的很是替您担心。您想想看，即使您有了小施德士的24倍率瞄准镜，但您的眼病这么严重，瞄准镜的视场又那么狭窄，而且距离689米，怕是未必能准确命中。

熊阔海问，你怎么知道我会打不中你？我的枪法好得很。

小泉敬二在电话中笑了，笑得很知心，说，我知道您的枪法很好，您在黄埔军校的教官也夸您是个有天分的射击专家，但是，安德森提到的一件事却让我很为您担心，他说您有严重的心理疾病，连打胸靶都困难，更不要说对着活人射击了。

熊阔海闻听此言心中一惊，难道安德森已经背叛了他，将他母亲的事告诉了小泉敬二？不，他认为不会的，安德森再混蛋也不会与杀他弟弟的仇人合作，于是他道：你一定是误信传言了，如果我有心理问题，我的上级也不会派我执行这项任务。电话听筒里一时没了声音,这就越发证实小泉敬二掌握的情报并不翔实,他接着道,其实你一点也不用替我担心,倒是我一直在替你担心,如果到时候你没有胆量出现在日侨俱乐部门前,不知道你的上司会把你怎么样?

听到这话小泉敬二立刻说,也许你不知道,我们日本军人并不怕死。熊阔海便笑道,那么,就让我们这两个不怕死的唱完这出戏吧。又沉吟了一会儿,小泉敬二在听筒中发出一阵哧哧的笑声,说,我突然想到了一件很好笑的事,您想想看,您的瞄准镜视场那么狭窄,如果我一下汽车就往俱乐部里猛跑,您又该怎么办?

放下电话听筒,熊阔海便知道小泉敬二给他出了一个真正的难题。这件事他不是没想到,而是一直在回避,不肯去想。现在小泉敬二已经把话说明白了,他下车后立刻就往楼里跑,这也就是说,在不到10米的距离之内,只会留给他两三秒钟的时间用来射击一个狼狈逃窜的移动靶。

17

老于推门进来对熊阔海说，我刚刚在附近转了一圈，发现街上到处都是可疑人物，我担心日本人已经把这座楼包围了。

老满方才一直坐在方桌上举着望远镜四处观景，这时插言道，你是说俺们逃不出去了？这可不行，俺表哥还等着俺把机枪送回去哪。

老于没理会老满，而是伸手去拿电话，说，我得让上级给咱们送几支长枪过来。熊阔海告诉他电话线已经被切断了。老于说，那我只好亲自去一趟，顺便把这里的情况向领导汇报一下，你有什么话要对领导说吗？熊阔海说，请组织上放心，我保证完成任务。

不想，一边的老满却不干了，说，要是叫日本人给包围了，俺可不想死在这，俺现在就得带着机枪走啦。熊阔海连忙上前劝说，但老满死活不答应，而且要动手拆机枪。老于从身上拔出手枪，指在老满的头上说，你小子再胡闹，我就一枪毙了你。老满却要起乡下痞子的混蛋劲头，说，你现在打死俺，跟等会儿让日本人打死俺一个样，你就开枪吧。正闹得不可开交，熊阔海突然心中一动，忙道，你先别急着走，等一会儿我给你买肉包子吃。

听到这话，老满略微显得平静了一些，但还是一脸的不满意，说，打俺一进门就跟你们要肉包子，可到现在俺要死了，你们还是不给买，你们不仗义。熊阔海说，现在大家伙儿都很忙，谁也出不去，等办完这些事，头一件就是给你买肉包子。老满指着老于说，他不是要出去吗？就让他给俺买回来，今天买不来肉包子，俺拆了机枪就回家。

无奈之下，老于只好答应了，说，从这里出门不远就能坐上电车，到华界买了肉包子再回来也用不了太多的时间。但熊阔海却很为他担心，说，我们现在都是公开的目标，你冒险到华界去，万一被日本人认出来可不是玩的。老于笑道，如果不去买肉包子，除非你让我一枪把这小子打死，但那又违反了抗日统一战线的政策。没关系，你别太担心了，我没事的，他要肉包子咱就给他肉包子，你还是好好休息，等一会儿也好干净利落地毙了那个小日本儿。

送走了老于，熊阔海不由得对老满发起火来。就算他与老于并不亲近，但让老于为了没要紧的肉包子去冒生命危险，这也实在太过分了。老满则任由他一味地喊叫，只管盘腿坐在方桌上，低着头一言不发。

等到熊阔海把心里的郁闷发泄干净，这才发现老满已经泪流满面，便又不由得疑惑起来，忙问他是怎么一回事。老满擦了擦脸上的鼻涕眼泪说，不是因为俺嘴馋，是俺混蛋。熊阔海问这话从何说起。老满说，俺从小就是个混蛋、二流子，不干正经营生，俺娘寡妇失业，带着俺过日子，俺又不争气，不学好，没让她省过一天的心。可巧，日本人来了，天下乱了，俺跟着俺表哥当皇协军，吃香的喝辣的，可也没去孝敬过俺娘。直到今年俺得了儿子，这才想起俺娘来，可她老人家已经病得不行了，这就要死啊……

熊阔海问，那跟肉包子有什么关系？老满说，这次下天津卫是俺自己要来的，可俺又怕你们城里人笑话，没敢说实话。其实俺娘这辈子就两个心愿，一个是盼着俺成人，再一个就是盼着能吃上一回天津卫的肉包子，她老人家早就听说天津卫的一咬一兜油的肉包子，可几十年了也没吃上。现在俺成人了，有出息了，知道孝顺了，可她老人家却要死了。所以，俺这一次必定是要带肉包子回去，让俺娘了了这个一辈子的心愿，日后甭管上天堂下地狱，她老人家见人见鬼都能拍着胸脯说“俺儿给俺买过天津卫一咬一兜油的肉包子”。

听了老满的话，熊阔海想到的却是他的太太和女儿，便连忙转过身去。他已经无法再去责备老满，他只能责备他自己。方才安德森在电话中吞吞吐吐,让他对妻女的境况越发担心,但是,现在电话断了,他无法与安德森联系,而且他也不能下楼到二房东那里去打电话。在现在这种危险的局势下，什么事情都可能发生，他没有权利因为担心妻女而冒险,因为,即使日本人为了保全颜面不便公开绑架他,或者刺杀他,却也很难保证汉奸们全都弄懂了主子的意图,若是万一跳出来一两个冒失鬼向他开枪，带来的后果就会很可怕,至少是很麻烦,会给组织上丢脸。当然了,如果他不幸被那些把重金押在小泉敬二身上的赌徒们绑架了，那就会更丢脸。

这时,门外传来一阵激烈的争吵声,他开门一看,原来是他的三位同志正将一群欧美人士拦在楼梯上，其中有一些是他在情报俱乐部的同行。比利时二房东一见到他,连忙冲上前来大叫不止:您可不能不讲道理,他们都是花钱买了票的，专门来看你杀人，您隔壁的卡捷林娜女公爵今天开酒会,特地招待她的这些“老朋友”。

熊阔海对守在门外的同志们说,就让他们去吧,人越多越热闹,只要别让日本人上来就行。二房东接住这个话头叫道,您该知道我是个懂事的,哪能把楼上的票卖给他们？再者说,日本人太穷,也买不起呀!

很快,隔壁房间里便热闹起来。两个房间只隔着一层薄薄的板壁,卡捷林娜房间里的谈话声,就像她每晚“做生意”

发出的呻吟一样,在这边可以听得清清楚楚。老满向熊阔海扮了个鬼脸,说"这外国娘儿们真是有能耐",便溜过去看热闹,不一会儿他又回来学说那边房里的人怎么样,家具、门窗怎么样,像个多嘴而又贪慕虚荣的女人,完全恢复了他们刚刚见面时的模样。

看起来,这出戏是越唱越热闹了。熊阔海摘下眼镜放到桌上,坐在桌边轻轻地揉着刺痛的眼睛。他知道自己应该休息一会儿,特别是应该睡上一会儿,但他不想睡,只想早些把这件事做完,至于结果如何已经不太重要了。他认为,这出戏毕竟是演给别人来看的,动心的应该是观众,而不是演员。

然而他知道,即使他心宽到能够放下所有烦心事,但有一件事他绕不过去,那就是小泉敬二说他下车就往楼里跑,为此,他必须在短时间内解决射击高速移动目标这个难题。他又重新戴上眼镜,操起机枪向日侨俱乐部瞄准,射击移动目标,他必须有一个大视场,而这样一来,瞄准镜中的人就会变得很小。

他把老满叫过来,两个人一起商量这件事。老满从瞄准镜中仔细看了好半天,然后说,如果让俺干,就只有一个办法。熊阔海问是什么办法。老满问,你试过一下子把所有的子弹都打出去吗?熊阔海想了想说,我在学校里打过长点射,但从来也没试过连续扫射。老满说,不是让你扫射,是让你瞄准一个目标,一口气把子弹都打出去。

熊阔海明白老满的意思了，现在他们把机枪固定在桌上,如果瞄准一个目标连续射击,弹着点就会分布在一个相对稳定的区域之内。于是他高兴得叫了起来:这是个好主意呀！老满也笑道:到时候你找两个大胖子坐在桌上压住了,然后瞄准对面楼前的台阶,他只要一出汽车门你就开枪,这满仓子弹能打出一丈方圆,料他小子也跑不了。

为此,熊阔海突然感觉自己很幸运,在这么困难的时候,居然能够得到老满这样一位出色的助手。

这时,组织上派了一位同志过来,给他们送来了一支德国的毛瑟98式步枪和一支美国的斯普林菲尔德步枪，都是租界射击俱乐部里常见的枪型,但两支枪的口径不同,带来的子弹也不多。老满说,要是弄来一支日本的“三八式”就好了,机枪上富余的子弹也能用。但是熊阔海知道,租界中喜欢射击的欧美人是不屑于使用日本货的，整个英法租界中怕是不会有一支“三八式”步枪。

有了这两支步枪，再加上门外四位同志带着的短枪,在阁楼的楼梯口警戒应该没问题。他觉得领导想得很周到,但他不知道老于为什么没跟着一起回来,便问送枪来的同志。那位同志回答说,老于去给沧州来的同志买“狗不理”肉包子,很快就回来。老满闻听此言不禁鼓掌欢呼,人也跳了起来。

比利时二房东又端着托盘送咖啡来了，眉飞色舞地说：庄家收的赌注已经超过五万，而且还有人赶过来下注。旁边相连的平顶楼房上，观众也已经来了一百多。外边天气太冷，我得过去卖酒卖咖啡，等一会儿就不在这边照应你们了，对不住，对不住……

熊阔海送走多话的二房东，便立刻给自己倒了一杯咖啡，他确实需要来点提神的东西。老满说他不喝这药汤子，只捏了两块方糖塞进嘴里咯吱咯吱地嚼，依旧是一副没心没肺的样子。

时间像个裹脚的老太太，走得极慢。熊阔海拿起望远镜向外观察，发现天气状况非常糟糕。因为云层很厚，惨淡的漫射光洒落在日侨俱乐部里，没有夕阳照射下应有的分明层次，院子里空荡荡的，连惯常窜进窜出的朝鲜侍者也不见了，想必所有人都在专心等待他射击的那一刻到来。

再有一个小时，小泉敬二就应该出现在这阴沉的天光之下，然而，他并不相信小泉敬二会这么轻易地听从命运安排。不会的，他相信这家伙一定还有花招要使。

果然，小泉敬二又打来电话，虽然言辞依旧斯文，但语气却变得粗鲁起来。他说：熊先生，你让我很生气，是的，很生气。因为我从来也没有见过像你这么自私，这么以自我为中心的人，你只想着追求自己的荣誉，追求不朽的名声，根本就没有顾及别人的死活。你想过没有，今天你只要杀死我，你就会赔上自己的性命和大好青春，赔上你太太的性命和大好青春，还会让你的女儿失去幼小而稚嫩的生命，失去她的一切可爱，变成一摊烂肉、一抔黄土，你也就失去了看着女儿长大的乐趣，失去了嫁女儿的幸福，失去了晚年含饴弄孙的快乐……

熊阔海努力让自己的声音显得冷静，说：我参加抗日组织原本就是打算毁家纾难的，这一点你根本就无法理解，所以，请不必费心啦。

小泉敬二便又改了另一个话题：即使你厌倦了你的老婆和女儿，难道你也想放弃裴小姐吗？难道你不想与她双宿双飞，朝云暮雨吗？难道你愿意看着她因为你而被打死，或是被捕后让宪兵队里那些来自札幌的渔民轮奸致死吗？不，我从你的呼吸声里就能听出来，你不想她死，不想她受罪，你确实想跟她相亲相爱，白头到老，但是，如果你杀了我，你自己就得死，即使不死，你也得逃亡，就再也见不到可爱的裴小姐了。当然了，就算是你成功了，而且不用去逃亡，但是，你能保证裴小姐到时候还愿意跟着你，而不会去选择那个又有钱又漂亮的杨小菊？那个“潘驴邓小闲”样样俱全的国民政府高级官员，已经追求了裴小姐三个多月，每天一束鲜花，每晚一顿夜宵，珠宝首饰，花园洋房，他什么都有，而你能给她什么？我知道你们这些人，你一定会说你能给她一颗真心，裴小姐也许会珍惜你的这颗真心，但是，如果你的这颗真心不能时时让她感觉得到，裴小姐也许就会倒向杨小菊给她提供的最为市俗的享受……

18

此刻,小泉敬二的语气已经从最初恶狠狠的威胁,转变为冷静的,近乎坦诚的讲道理。熊阔海只是听,没有讲话,因为他不想与侵略者讨论他的妻女,也不想与他讨论裴小姐。他之所以没有挂断电话,是希望小泉敬二能够透露出他太太和女儿现在的消息,方才安德森在电话中不正常的表现让他很是不安。

守在门外的一位同志探头进来,他连忙捂住听筒上的送话口。那位同志说,下边来了位裴小姐找你,但被日本人拦在了三楼。于是,他不再理会滔滔不绝的小泉敬二,挂上电话就往楼下跑。两位手持短枪的同志跟在他身边,另两位同志则举着步枪在楼梯转角处掩护他。

三楼的走廊里光线很暗,但他还是能够看清楚那里聚集着一群人,有八个身穿蹩脚西装,长着一对罗圈腿的小个子日本人将裴小姐围在当中,在这些人周围还聚着不少公寓里的房客。为首的日本人身材矮壮,看上去像张骨牌,他的怀里抱着一箱手榴弹,正在与房客们争吵。

操持各种不法行业的房客们讲的是英语和汉语,日本人听不懂,日本人的日语房客们也听不懂。他们这边正吵得一塌糊涂,见熊阔海从楼上下来,日本人立刻举枪对准了他。不想,众房客一见这阵势,便猛地发一声喊,纷纷从怀中掏出枪来,各个房间的房门也猛地打开,从中伸出的长枪和短枪,一簇簇好似茂盛的枝条。这情景让熊阔海看着好笑,便伸手去日本人中间将裴小姐拉到身边,同时也注意到她朴素的棉袍外边出人意料地套着一件昂贵的貂皮大衣。

他对众房客道:各位少安毋躁,咱们先问问他们是干什么来了。裴小姐将他的话翻译给日本人听。为首的日本人指着他和裴小姐说:我们奉命前来杀你,抓她。于是他问:那你们现在为什么不动手?日本人说:等时间到了我们才会攻上楼去。他又问:什么时间?日本人说:我们还在等命令。

熊阔海笑了,说:那你们就等吧。说着话他牵住裴小姐的手就要上楼去。这时,一个金发金胡须的大个子瑞典走私犯用英语对日本人道:你们得把手榴弹留下来,要公平决斗。

熊阔海把瑞典人的英语翻译成汉语,裴小姐又把汉语翻译成日语,日本人不干。瑞典人对日本人叫道:他们只有手枪和步枪,所以,你们也只能用枪。为了等着看这出大戏,我们所有人都是下了注的，你们只是过场的小丑，没资格把戏搅了。日本人急得要哭，说他们还有机枪哪。熊阔海只好解释道：我们是有机枪，但那是用来演戏的，目标是小泉敬二，不会对你们开火。瑞典人听到这话觉得占住了理，等裴小姐把这段话翻译成日语之后，便对日本人大叫道：你们听见了吗？看看人家多么绅士，现在你得把手榴弹交给我保管，等戏演完了，要是你们还活着，我保证一颗不差，都还给你们。

瑞典人从日本人手中夺去了装手榴弹的木箱，洋洋自得地抱在怀里，像个骄傲的父亲。熊阔海则招呼躲在一边的茶房，指着日本人说：先给他们上壶茶，算在我的账上，让他们慢慢等吧。言罢他便牵着裴小姐的手回到了楼上。

其实，刚刚见到裴小姐的时候，熊阔海的心中不只是震惊，而且是非常地生气，即使是回到了楼上，他仍然很生气。他煞费苦心，屈辱自身，终于换得了杨小菊对她的保护，而如今她却自作主张，跑到这间整个租界中最危险的阁楼里来，全然没有理会他的良苦用心，甚至没有替他的安全考虑。

这是因为，虽然他已经下定决心完成任务，但他还是不放心自己。他甚至会耻辱地猜想，如果他万一胆怯了，混蛋了，最终改变主意，决定不死在这里，那么，带着她逃跑就只能增添拖累，而且也必然会给自己的无耻增加一个见证人。女人哪，你们什么时候都不会真正理解男人。虽然心中感慨，但他知道，怨天尤人毫无意义，既然事已至此，他就必须在现有的条件下重新考虑行动方案。

让裴小姐马上离开？不行，楼下的日本兵说得明白，他们的任务也包括抓捕裴小姐。那么，让门外的同志护送她离开？这也不行，因为小泉敬二的诡计非常清楚，他一定是想让楼下的日本兵在17点之前的某一刻攻上来，然后控制住机枪，等到他"勇敢"地出现在日侨俱乐部门前时，再由这些日本兵代替熊阔海向"安全"的地方射击。

因此，熊阔海绝不能冒险让保护他的同志离开，否则，日本人的诡计一旦成功，便会让小泉敬二在这出戏中成为体面的、受人尊敬的正面角色，而熊阔海和党组织则会被人们看作是一群言过其实、终无大用的小丑。

该死的，怎么老于到现在还没回来？熊阔海不由得要埋怨自己的同志，因为，如果老于现在能出现，他就可以让老于和上级联系，加派人手将裴小姐护送出去。

裴小姐进门后一直没有开口，却在老满的殷勤指点下，用望远镜向日侨俱乐部那边闲看，而老满则口若悬河地给她讲解整个刺杀计划，言语中不住地炫耀着大量熊阔海听不懂的"专业术语"。

熊阔海耐着性子问裴小姐：你是怎么找到这个地方的？她说：你不记得了？是我下的工作单给这里安装的电话。他接着问：杨小菊派去保护你的人呢？她说：就在楼下，他们不让我上来，但他们拦不住我。他又问：杨小菊知道你过来吗？她说：知道，他也在楼下，但同样拦不住我。

熊阔海很想告诉她这里的处境有多么危险，但转念一想，便猜到杨小菊一定把这些情况早已对她讲清楚了，是她自己执意要来冒险。想到此处，他被裴小姐感动了，险些流下泪来，便忙用一只手遮在额前，坐到桌边，用一个愁苦与为难的姿态来掩饰自己。

他认为自己没有资格被感动，更没有资格做出回应来感动裴小姐。

这时，裴小姐将手轻轻地放在他的肩上说：你曾经答应过，会带我一起走。熊阔海只能痛苦地摇头道：我们却可能会一起死。

他掏出怀表看了看，离17点还有不到一个小时的时间，但老于还没有回来。如果老于不回来，裴小姐就当真要和他死在一起了。

这时，裴小姐又将手放在他的手心里，紧紧握住，口中道：其实我一点也不想死，但是，如果一定要死，能跟你死在一起，总会强过我孤独地一个人死。

熊阔海此时再没有任何办法可想了，便拉着老满来到门外，对他说：等一会儿你逃跑时，请一定要把裴小姐带上，她能带着你去找一个非常有钱的杨先生，那家伙会给你一大笔钱。

然后他向门外的同志要了把手枪，回到房中对裴小姐说:如果我们没有逃走的机会,就只剩下一条死路了。裴小姐当真乖觉得很,立刻说:到时候请你一定要先打死我,免得我被日本人抓去受辱。

老满听到这话却在一边说:也不是没有办法,现在俺就拆了机枪从楼上打下去,有机枪带路,哪能冲不出去呢？熊阔海当即大怒，用手枪指着他的脑袋叫道：你要是现在想逃,干脆就自己逃吧,但机枪得给我留下。老满一晃脑袋躲开手枪道:没了机枪,俺表哥和俺都得死,可要是不让你干成这件事,回家“土八路”也饶不了俺。反正横竖也得听你的,还是让俺受累,带着你的姘头一块逃吧……

熊阔海没再理会老满。裴小姐的事好歹算是有了着落,他认为自己应该感到些许的轻松,然而,他并没有得到这份轻松,而且心中很痛苦。最后,他还是忍不住问裴小姐:你这件貂皮大衣……

裴小姐摆了摆手,口气轻描淡写:这是杨先生今天送的礼物,我想延安的天气会很冷,到了那边没有“大毛”的衣裳可不行,只好厚着脸皮穿来了。

19

16点15分了，老于去买肉包子还没回来。老满说，这个小子是不是看大家伙儿有难，带着俺娘的肉包子逃命去了？

如果不是对老于有所了解，熊阔海也可能会像老满这样想，但他知道老于不会的，一定是出了什么差错将老于绊住了。门外的同志们也很焦急，显然，没有领导在现场指挥，这场阻击战不好打。

熊阔海来到门外，听到卡捷林娜女公爵的阁楼套间里传出留声机播放的音乐和阵阵哄笑声，也听到日本兵已经来到四楼，正在那里七嘴八舌地商量。

他清楚地知道，防守的形势并不乐观。首先是兵力悬殊，他们只有四位同志参加防守，两支步枪三支手枪，而楼下的日本兵则有八个人，八支步枪八支手枪。从楼下通向阁楼的楼梯很窄，按理说防守的地势应该不错，但这楼梯太短，向上六级台阶就能到达转角处的平台，转身再上九级台阶，就到了熊阔海的门前，即使是日本兵腿短，迈大步蹿上这两段楼梯也用不了五秒钟。他把同志们分为两组，第一组三支手枪，站在楼梯口侧面的栏杆边上，他们可以从上向下射击，在日本兵刚刚露头的时候便将他们打回去；第二组蹲在楼梯口，用步枪从斜侧面瞄准第一段楼梯，与第一组的同志组成交叉火力，争取将日本兵压制在四楼。

熊阔海对同志们说，如果他们攻上转角处的平台，直接向上面射击，你们就退到走廊的两侧，交叉射击拦住他们。请记住，你们的任务不是拼命，而是拖住他们给我争取时间。我猜想，他们的进攻必定要在17点之前开始，所以，你们一定要坚守到17点之后。

有同志说可惜步枪上没带着刺刀。熊阔海故意轻松地拍了拍那人的肩头笑道：没办法，只好有什么算什么了。他知道自己不用告诉同志们他们多半是要牺牲的，因为他们所有人都知道自己早晚会面对这种考验，一旦这个时刻到来，心中反而坦荡，这就如同他弟弟怀揣手榴弹去炸小泉敬二一样，既然信仰了共产主义理想，主动牺牲生命便是这个理想对他们最基本的要求。

如果仅仅是将日本兵阻击在楼梯上，延缓他们冲入阁楼的时间，熊阔海认为这些同志完全可以坚持住，至少可以给他赢得五六分钟的时间，然而，等到他发现走廊上只铺了一层单薄的松木地板，步枪子弹可以轻而易举地从四楼向上将地板打穿的时候,他知道自己方才太过乐观了。同志们也发现了这个危险,便都望着他。他说,我们得改变防守策略,你们还是退到屋里来吧。有同志说，老于同志交代得很清楚,为了不干扰你射击,在任何情况下我们都不能进去。他说,现在老于不在,由我指挥,我命令你们进去。

这时有位同志说,其实还有别的办法。大家问是什么办法。那位同志便拉开走廊另一边的厕所门说,拆了砌马桶的砖,我们蹲在砖头上,就算子弹把砖头打穿了,我们受的伤也不重,一时半会儿死不了。

熊阔海认为这个办法虽然危险,但勉强还可以支撑一阵子。反正大家争取的只是时间,并不是真的要保命,只要能给他机会向小泉敬二射击,大家的任务,甚至这一生的使命也就全部完成了。

小泉敬二打来了第三个电话,阴恻恻的声调后边隐含着不安,但言语依然很客气,他说:对不起了熊先生,总是打扰您,但我觉得,我们还是应该谈谈,因为我刚刚得到了几份与您有关的情报,如果不通报给您,对您就太不公平了。

熊阔海稳住心神，很客气地请他接着讲。小泉敬二道:第一条情报说,安德森先生曾经在电话中告诉您,说他在您刺杀我之后,给您安排了撤退的办法,有这件事吗?您当然不会告诉我,但我可以告诉您我的安排,您逃不出去的,因为，我们不单包围了整个英法租界，还包围了巴尔扎克公寓，所以，一旦您向我开枪射击之后，不论您是跳窗逃走，还是从正门往外冲，都没有任何机会。您听懂我的话了吗？您只要开枪刺杀了我，就没有活下去的机会……

熊阔海道：死对于我和我的同志们来讲，并不是多么困难的事情，请不必费心了。

小泉敬二道：我知道您不怕死，而且您甚至打算让裴小姐给您陪葬，这一点我很吃惊，但也很“敬佩”您居然能如此“忍心”。我要说的是另外一件事，我不再要求您向我投降，也不再要求您背叛您的组织，我现在只请求您在射击的时候能把弹着点略微偏一偏，不管打在什么地方，只要不打在我身上，我就能保证您和裴小姐不用去死，也能保证您在今天晚上就见到您的女儿。

熊阔海心下大惊，但还是控制住语调轻声问：我女儿怎样了？小泉敬二笑道：安德森肯定没脸把这个消息告诉您，这下子您就知道英国人有多么的不可靠了吧？这是我方才得到的第二个情报，您的太太已经死了，您的女儿正在我们的军医院里，受到了很好的照顾。实在对不起，安德森和杨小菊的手下都很固执，他们绑架了您的太太和女儿，在我派人前去解救的时候，与他们发生了枪战。他们把您太太打死了，我们也损失了两名士兵，但您的女儿终于被我们救了出来，真是可喜可贺……

虽然熊阔海离开妻女的时候就明明当她们已经死了，但是，当听到小泉敬二这番话时，他仍然很痛苦。她们都很无辜，只因为受到了他的牵累，就不得不做出这样的牺牲。而从另一方面来讲，虽然他不愿意相信小泉敬二的话，但是，他如今被困在阁楼上，与外面断绝了联系，也就无从判断小泉敬二讲的是真是假。于是他道：覆巢之下安有完卵？国破了，家亡也是早晚的事，你想怎么做就怎么做吧。

小泉敬二轻轻地笑道：我能理解您为什么要这样讲，因为您的同谋正在旁边监视您，您不得不这样讲，没什么，我能理解。

熊阔海说：你根本就不理解，否则你也就不会愚蠢到以为抓住我的女儿就可以要挟我。

小泉敬二又换了个话题：但是，还有一个难题不好解决，这是我收到的第三份情报，最近关于您的消息确实很多呀！只是，对这份情报的真实性和重要性我一点也没有把握，所以我才想讲出来与您共同探讨，看看它有没有价值。我的情报员说，安德森是您儿时的玩伴，他掌握着您很多非常重要的情报，这位情报员打听到的消息是，安德森今天早上在英国俱乐部用早餐的时候，曾经对小施德士先生谈到您的母亲，谈到她不幸的死亡过程，说是被达姆弹击中了面部……

听到此处，熊阔海立刻挂断了电话。他最担心的事情终于来了，小泉敬二了解到他有严重的心理问题，怎能不充分利用？其实，今天下午这几次通话，小泉敬二就一直在对他进行心理战，试图摧毁他的意志，让他无法完成任务。他也一直在稳住心神，调整心理，然而，现在小泉敬二终于将他母亲的事挖掘出来，这是他意想不到的，让他一时间难以承受。

他回到桌边，将枪托抵在肩上，打开瞄准镜的前护盖，透过镜片望出去。此时，天空中已经飘起了稀稀落落的雪花，从瞄准镜中望出去雪花很大。天很快就要黑下来了，外边的光线很暗，瞄准镜中的光线更暗，远远望过去，日侨俱乐部的门廊下已经变成了一片模糊的阴影，门廊外原本光亮的地方也很昏暗，只能分辨出物体的轮廓，很少有细节。

他的眼睛很疼，一跳一跳的，泪水也流了下来。擦干净泪水再望出去，他连忙扭开了头，因为瞄准镜中出现了一张人脸。他没有细看，但他知道，自己最担心的事情终于发生了。他摘下眼镜放到桌上，用双手按住眼睛，但心底仍然躁动不已，胸中也在不停地作呕。

裴小姐扶住他的手臂，在他耳边轻声道：你必须休息，哪怕只一会儿。她将他搀扶到床上，让他躺下来，她自己也坐到他的身边，用冰凉的手指替他轻轻地按摩眉头。他真想睡一会儿，是的，他太累了，小泉敬二对他持续不断的威胁、利诱和刺激，让他感觉到极度的疲惫。他不禁暗自感叹，一个人要被逼迫到怎样的程度才会垮掉，或者从此真正坚强起来！

老满在一边却显得很活跃，他不知道从哪弄来一把消防斧头，双手握住比比画画，说，小日本儿要是冲上来，必定把俺也当成了“八路”，说不得，俺只能跟他们拼了……

20

16点30分，还是没有老于的消息。老满盘腿坐在方桌上，怀里抱着消防斧，顾自在那里抱怨：那个家伙跑到哪去了？可怜俺娘的肉包子……

熊阔海没有与他搭话，而是将意志力集中起来，努力忘掉眼睛的疼痛。裴小姐则用轻巧的手指在他的眉头、太阳穴上不住地按摩，口中道：放松，你要放松精神，等一会儿办完事，我们一起离开这儿……然而，熊阔海清楚地知道，他们没有机会离开。

这时，老满突然叫道：快来看哪，这是谁家的孩子，好生淘气。

熊阔海想起身，却被裴小姐按住，说，你得分清轻重，现在什么事也不能打扰你。他觉得裴小姐说得很对，“除死无大事”，现在他真的有资格什么都不放在心上，什么都不在乎了。

老满又道:这些个小家伙在小日本儿的工事前边烧报纸哪,还往里边大把地放辣椒,风往工事里吹,小日本儿都给呛出来了……熊阔海知道,这必定是报童在实现诺言,尽自己的所能来帮助他,便问:里边有没有一个戴红色毛线帽的孩子?老满道:咋没有?就是他领的头儿,糟糕,小日本儿拿刺刀把他给挑了……

听到这情况,熊阔海便要翻身从床上起来,却又被老满和裴小姐拦住。老满说,那个孩子已经死了,其他孩子也跑了,你还是好好歇着,等一会儿别把事干砸了就成……裴小姐则说,你要好好地养神,什么也别想,你知道的,别说是那个孩子,为了你,我也可以去死……

报童的死让熊阔海突然在自己身上发现了一个严重的问题,那就是他极有可能是一个言过其实、终无大用的废物,是的,他很有可能就是这样一个人。他以往在同志们面前侃侃而谈的什么珍惜革命同志的生命,什么少投入多收益,什么用最小的代价取得最大的成果等,其实都是用来掩饰他的无能。他所有的才华都被用来向组织和同志们展现他是一个真正有才能的军事家,而等到实际行动的时候,他的才华却已经在表演中耗尽了,于是,这次刺杀行动在他的策划和指挥之下,正在走向一个可怕的结局——所有参与行动的同志都不得不牺牲。而这件事更深刻的意味则是,他以往对同志们高高在上的批评,实际上却是对自己最深刻的嘲讽。

电话铃又响了,还是小泉敬二,他道:熊先生,辛苦您了,没休息一会儿吗?我打电话是想告诉您,有人已经为我安排好了今晚的车票,如果您没杀死我,我就要坐车南下了,头等的卧铺包厢,很舒服的。

熊阔海说,你还是把车票退了吧,免得浪费,我不会放你走的。报童的牺牲所引起的自我批判,让他的手在不住地颤抖,而且口唇僵硬,吐字也不大清楚。

小泉敬二显然在电话中听出了异样,便问:熊先生您是不是身体不大舒服?还是别固执了,下楼去吧,我会安排好一切,让我派去的人杀死你的所有同伙,只留下您和裴小姐,然后由我的人来替您开枪。这样一来,即使日后您还愿意回到您的组织里去,我也可以做出周密细致的安排,会让您显得很清白,不会受到他们的伤害。

熊阔海只简单地说了两个字:放屁。

小泉敬二道:看来您真的病了,连讲话都粗鲁了,我当真替您担心。您知道吗?我已经下达了命令,在差10分钟17点的时候,守在您楼下的士兵就会向您发动进攻,他们的任务是抢在您开枪之前杀死您,然后抓住裴小姐。您还在听吗?等一会儿我放下电话就要出发了,17点整准时到达日侨俱乐部,所以,您现在要是还不肯放弃,怕是再没有机会了……

因为匆忙起身没戴眼镜，熊阔海将怀表凑到眼前，发现离日本兵发动进攻的时间还有不到两分钟，便说：您用不着替我操心，我会在瞄准镜里恭送您“上路”的。

小泉敬二突然将话题一转，问：熊先生您有朋友吗？熊阔海对这个问题感到很吃惊。小泉敬二又道：据我所知，安德森和杨小菊都不是您的朋友，您在您的组织里也没有朋友。您是一个非常孤独的人，根本就没有朋友，一个也没有，但是，我这里却有一个人自称是您的朋友。等一会儿请您走到窗口，向偏西一点的方向望出去，就在三菱公司的仓库楼顶上，那个自称是您朋友的人热切地盼望着能与您见上最后一面，因为，他马上就要被枪毙了。

小泉敬二挂断了电话，熊阔海则冲到桌边去取眼镜。他不知道小泉敬二又会将谁弄出来威胁他，因为这家伙最后的那段话确实直指人心，他突然发觉，自己当真像小泉敬二所说的那样，可能一个朋友也没有。

然而，就在他放下电话，冲到桌边的时候，却发现自己遭遇到了一个极端可悲又可笑的难题——此刻老满正舒适地盘腿坐在方桌上向窗外闲眺，而在他的屁股和肥厚的棉裤下边，露出了一条扭曲的眼镜腿。

他一把揪住老满的衣领，将他从桌上摔到地下，但是，已然于事无补，眼镜上最重要的，让他用来瞄准的右眼镜片已经被压得粉碎，而无关紧要的左眼镜片却完好无损。该死的，这就是命啊！他跌坐在凳子上，当真不知所措了。

16点50分，楼下的日本兵准时发起了进攻，熊阔海能清楚地分辨出，楼下向上射击的枪声密集，楼上向下还击的枪声谨慎，是的，同志们做得很好，因为他们没有多少子弹。

裴小姐突然道：对面楼上有人。熊阔海看不见，却听老满骂道：是老于那个混蛋，没给俺买来肉包子却让小日本儿给抓住了。熊阔海拿起望远镜来看，但仍然看不清楚。这时老满伸手捅了捅他说，对不住，俺没看见你的眼镜，你戴上这个试试。

熊阔海接到手中一看，还是他的眼镜，只不过被老满改了模样，他居然想到将银丝的眼镜腿弯到了相反的方向，将眼镜颠倒过来戴，这样一来，左眼的镜片就被移到了右眼。闭上左眼用右眼望出去，外边的景物就像是透视极差的照片。他望见距离不到50米的一座楼房顶上出现了三个人，中间是老于，满脸是血，双手被绑在背后，一名日本兵紧紧抓住他的肩膀，推着他站在楼边，另一名日本兵手中提着一只蒲包，枪背在肩上。

门外的战斗更激烈了，不时有子弹射穿用木板条涂石灰建成的墙壁，然后在屋顶的瓦上一击，便有破碎的瓦片跌落下来。熊阔海歪着头看了看怀表，离17点还有六七分钟，他担心小泉敬二不守信用，故意提前到达日侨俱乐部，好让他措手不及，便打开机枪的保险，推子弹上膛，然后向日侨俱乐部瞄准。他认为自己的准备工作做得极好，枪被固定了，瞄准镜也调节得当，让他唯一担心的还是持续射击时机枪的跳动。他命令满脸愧色的老满坐回到桌上替他充当重物，而裴小姐则主动坐到了桌子的另一边，于是，桌上的重物就平衡了。

按照事先商定的，他请裴小姐举着望远镜帮他观察小泉敬二的汽车，而老满则作为后备射手，万一他出现问题，便由老满接手射击。虽然老满对此事一直很不情愿，但坐碎了熊阔海的眼镜之后，他便显得愧疚起来，主动说：您要是觉着不得劲儿，就招呼俺来吧。

熊阔海自己非常清楚，他此时确实“不得劲儿”。他的左眼镜片比右眼镜片度数低，而此时天色已经非常暗了，从这么远的距离，用这么大倍率的瞄准镜瞄准，他确实很吃力。当然了，这些困难还都是小事，他都能够克服，而他唯一克服不了的，是在瞄准镜中出现的他母亲的那张破碎的脸。

他闭上眼睛，对裴小姐道：等一会儿小泉敬二坐的是一辆黑色轿车，跟他一起的还有一辆满载日本兵的卡车，我现在只能看见很小的范围，所以，从他一出现你就要不断地报告他的准确位置。

裴小姐答应了。老满在一边却突然叫了起来：他奶奶的，小日本鬼子王八蛋，他们偷了俺娘的肉包子。他又伸手来推熊阔海，说，你还等啥，开枪呀，离得这么近，就俩小鬼子，一枪一个呀，不耽误您再杀别人。

熊阔海不是不想救老于，但是，他不信任小泉敬二。如果他现在开枪解救老于，就得移动桌子，调整瞄准镜，等到打死那两个日本兵，他们还得再移动桌子，重新调整瞄准镜。小泉敬二特地在这个时候将老于押上楼顶，就是要干扰他，考验他的定力，让他做出选择，看他是不是真的“忍心”眼睁睁看着同志被枪毙。

从楼下射入房中的子弹密集起来，显然日本兵已经攻到了楼梯转角的平台上，而熊阔海从瞄准镜中看到的，仍然是他母亲的脸，而且越发地清晰，越发地真切。他有心将机枪交给老满，但是他知道，如果他此时交出机枪，交出射杀小泉敬二的机会，他就真的“什么都不是”了。

老满一边晃动着脑袋躲避从屋顶上落下来的瓦片，一边怪叫道：他奶奶的，小鬼子在吃俺娘的肉包子，整整一蒲包全吃了，俺那可怜的娘唉，俺那一咬一兜油的天津卫的肉包子唉……

在瞄准镜中，熊阔海认为自己看到母亲那张没有内容的脸上居然笑了，是笑了。于是，他怀疑自己要发疯，再坚持下去肯定是不行了，而且他知道，门外的同志们显然已经很难再支撑下去，也许他们中间已经牺牲了两个，甚至三个人。他必须立刻将机枪交给老满，否则，万一小泉敬二的汽车此时出现，那就来不及了。这时他又听老满叫道：他奶奶的，他们要枪毙老于,他们把老于往前推,拉枪栓,哎呀,俺那娘唉,老于咬人啦,他咬了抓着他的手,唉呀呀,他跳下去了,跳楼了,完了,俺娘的肉包子,一咬一兜油……

熊阔海从来也没把老于当成自己的朋友,他甚至非常厌恶老于身上的某些习惯性的生活细节，他只是将老于当作他的上级,他的同志,把他当作一个勇敢得有些鲁莽的革命者,是他可以将后背交给他们保护的战友。现在,老于牺牲了,门外掩护他的同志们也正在牺牲,只因为他的这个自以为是的刺杀计划,所有人都得陪着他一起死。

突然的醒悟让他胸膛上如中重锤，感觉到锥心的疼痛，也正是在这剧痛之中,当他再次睁开眼睛的时候,发现他母亲的那张破碎的脸终于从瞄准镜中消失了。浪费了许多同志的生命才让他的病情暂时缓解,他感到很惭愧。

老满突然哎哟一声，接着叫道，那个小鬼子还没来吗？外边的子弹把俺的棉袄都打破啦。

看来,楼下的日本兵已经攻了上来……

这时裴小姐惊叫道:他来了,轿车在前,卡车在后……

熊阔海将瞄准镜上的十字线停在台阶上。门外的枪声停了,紧接着传来一阵嘈杂的打斗声,门被撞开,在墙上一碰又弹了回去,杂乱的脚步声仍在门外……

裴小姐道:街边上冲出来一辆洋车,被卡车撞翻了,卡车停了下来,车夫叫日本兵开枪打死了。

熊阔海知道，这是老于事先安排好的，以免卡车跟着小泉敬二开到日侨俱乐部门廊前，阻碍他的射击线路，便连忙对裴小姐叫道：你只盯住轿车。

门又被撞开来，一个人跌倒在地板上，声响极大。老满惊叫道：是个小鬼子，他们要攻进来啦。说着他便要跳下桌子。熊阔海厉声道：你给我坐好了别动。

裴小姐说，轿车正开进大门，转过花坛……

这时熊阔海也看到了那辆黑色轿车，它停了下来，紧贴着台阶。因为汽车靠台阶太近，车门只能半开，没有人下车。他将瞄准镜的十字线从台阶移至从车门到俱乐部大门之间的必经之路上，如果他不调整，等小泉敬二从车门中猛地蹿出来，即使他射击得再准确，也只能将车门打烂。

门外又响起了枪声，但让熊阔海感到奇怪的是，楼上楼下对射的都是日本“三八式”步枪。转念一想他又不奇怪了，这一定是同志们夺下了敌人的步枪，将敌人再次赶下楼去。然而，他也能听出来，楼上向下射击的只有一支步枪和一支手枪，楼下向上射击的枪声却很密集。

这时，他发现在瞄准镜视场的边缘，在半开的车门后出现了一个人影，应该是小泉敬二，但他没有立刻往前跑，而是很小心地将自己隐藏在车门后。天上飘落的雪花已经很密集了，转眼间黑色轿车的顶上就铺了薄薄的一层，小泉敬二蹲在车门后仍然没有动静。他问：现在到点了吗？裴小姐说还差三十秒。

他很担心，非常非常担心，因为天色太暗了，他已经看不清楚门廊下的任何东西，只能凭借门廓的立柱和汽车的车门来判断门廊的位置。裴小姐说还有二十秒……

小泉敬二在车门后边动了一下，露出半张脸向这边张望，头上戴着黄呢子军帽，看不清眉眼。熊阔海将食指在扳机上慢慢施加压力，这时，小泉敬二在车门后边猛地往前一探身，却又缩了回去，熊阔海连忙将手指从扳机上松开，但还是打出了一个短点射，子弹射入门廊的黑暗中，看不到任何效果。

裴小姐说还有十五秒……

小泉敬二终于从车门后站起身，转过头来向这边望了望，但天色太暗，加上瞄准镜视场边缘的畸变，让熊阔海无法看清他的表情。然后，小泉敬二便开始向俱乐部里跑，台阶上的雪很滑，他踉跄了一下，而熊阔海的歪把子机枪则以每分钟五百发的射速倾泻出全部的子弹，于是，子弹的暴风雨便将小泉敬二刮入了门廊的黑暗之中……

门廊顶上的灯亮了，从俱乐部里跑出来几个穿制服的侍者，将身体绵软的小泉敬二抬进大门，只将沾血的帽子留在了门外，而卡车上的日本兵也赶到了，他们在门廊前围成一圈，枪口向外……

老满问打中了吗。裴小姐说打中了。老满说打中了就好。说着话他便跳下桌子,抡起消防斧,向他们与卡捷林娜女公爵之间的墙壁砍去。熊阔海放下机枪,摘掉眼镜,他感觉很累,同时也感觉很轻松。只听裴小姐问老满,你这是干什么?老满一边拼命地挥动斧头,一边叫道:那个洋警察说了,俺只要拆了这堵墙,带着你们跑到河坝道上,他就给俺100块大洋,现大洋啊!

熊阔海听到门外只剩下一支手枪在向楼下射击,便从腰间拔出那支准备用来自杀的手枪,犹豫了一下才问裴小姐:你真的愿意跟着我吗?裴小姐说,我想跟你白头到老。他说,既然这样,你就要听我的话,我要你跟着老满逃出去,找到我的女儿,然后……就让她叫你妈吧。他正要往门外走,裴小姐却在他背后叫道:我没做过她的继母,怎么能让她叫我妈……

突然,电话又像一只怪物般狂叫起来,听筒中传出来的居然还是小泉敬二的那口破英语:熊先生,我猜得没错,您的枪法真是好,只可惜,您太性急了。我严格地遵守我们之间的约定,在17点整下的车,然后从容地走进俱乐部参加为我举办的欢送会,而在我前边下车的那个人,却是被我抓住的您的一位同志。您没能遵守约定,提前开枪,这很不好,真的很不好,所以,我已经命令包围巴尔扎克公寓的士兵,让他们杀死您,杀死老满,抓住裴小姐。对不住了,现在有许多客人在等着跟我道别,欢送会后我还要赶火车,就不多谈了……

发现了事情的真相,熊阔海并没有发怒,甚至没有感觉到气愤,他感觉到的只有悲哀。他们这两个对手代表着各自的阵营,为人们上演的确实是一出内容丰富的好戏,然而,只是到了即将谢幕的时候,他才发觉自己并不是那个预先设计好的伟大的主人公,而只是一个完全受人操纵却还洋洋自得的丑角。从结果上看,如果他的这个角色对观众还有一点点教益的话,那便是作为一个革命者,哪怕仅仅是作为一个普通人,都千万不要把个人的想法、个人的感觉,甚至个人的一切太当真了,因为事实证明,我们自以为正确的每一次行动,其结果都可能残酷地告诉我们,这又是一个自以为是的谬误。

一名日本兵冲进房门,被熊阔海慌乱地用手枪击中肩膀,其手里的步枪跌落在地上,但那日本兵还是向他扑来,却被老满一斧子劈在头上,又跌回到门外去了。于是他对自己苦笑道:你无力对抗命运也就罢了,可绝不能无力承担命运!

然后他告诉裴小姐:被我打死的那个人不是小泉敬二,所以我没有资格现在就死,你还愿意做我女儿的继母吗?没等裴小姐回答,老满却在一边叫道:别扯没用的,你们快走吧,我拆了机枪就来。

木板条抹石灰建成的墙壁上被老满拆了个大洞,隔壁卡捷林娜女公爵的房间里没有人，只有留声机还在那里空转。熊阔海拉着裴小姐穿过外间进入卡捷林娜的卧室，发现卧室的墙上有两扇窗子，一扇朝北，一扇朝东。朝东的窗子大开着，卡捷林娜的客人们应该就是从这扇窗子逃到了相连的平顶楼房上。他与裴小姐跨过窗台，发现楼顶上聚集着上百名“观众”，见他们出现，便狂热地鼓起掌来，就如同守在剧院后门等待大名角出现的“戏迷”。

面对这些热情的“观众”，熊阔海越发地感觉惭愧，但他什么也没讲，只拉着裴小姐径直向楼梯口跑去。这时，他听到身后传来了机关枪的射击声，显然，保护他的同志们已经全部牺牲了，一定是日本兵冲进了他的房间，而老满则正在为了能活下去而拼死抵抗。

21

身穿便衣的日本兵包围了巴尔扎克公寓，并且得到法国巡捕的协助。成群的闲人聚集在门前看热闹，以至于阻挡了法国巡捕和日本兵的视线，让他们没能注意到从隔壁的伏尔泰公寓中走出来的一对亲热的年轻夫妇。

熊阔海此时头上戴的圆顶硬礼帽，是“观众”中远东情报俱乐部的同行帮他做的伪装，他脖子上的大红羊毛围巾则是一位狂热女“观众”的献礼。至于裴小姐，她的头上戴着卡捷林娜女公爵的俄罗斯女式皮帽，身上围着一幅拖到脚面的土耳其披肩。观众们此刻还没发现小泉敬二的“李代桃僵”之计，他们仍然把他当成大英雄，所以，熊阔海认为自己有责任补偿给所有热情的“观众”一个圆满的结局。

远远的，他看到安德森的汽车停在河坝道的码头区外边，前车门大开着，一个罗圈腿的日本人倚靠在打开的车门上，用鸭舌帽遮掩着手枪对准司机座上的安德森。

于是，他将手插进裴小姐宽大的袖筒中，两个人紧紧地挽在一起，嘻嘻哈哈地笑着，相互推挤着，像是一对不大正经的夫妇或是嫖客与妓女。等走到近前，裴小姐故意用日语和那个日本人开玩笑，就在身体交错的当口，熊阔海从皮裘的袖筒中开枪了。那个日本人将身子猛地向前弯曲，用手去捂中弹的腹部，而熊阔海则伸手揪住他的头发，将他推挤得紧靠在汽车上。

他认为此刻的自己已经不是昨天的自己，他完全有勇气一枪结果了这厮性命，便举起手枪仔细地向他的双眉之间瞄准。那人的眼睛睁得极圆，瞳仁焦黄，腹部中弹的痛苦使他露出了满口坏牙，沾血的手挣扎着来夺他的手枪。就在这目光对视之下，他发觉自己的手臂僵硬了，手指也僵硬了，直到那人的手指抓住了他的手腕，他这才听到了震耳欲聋的枪声，然而，这却是安德森在他耳边开的枪。

从那人脑后喷溅而出的血污铺满了车顶，鲜血与白雪相映成趣，绘成的图案真的很壮观。血腥气味让他的胸中阵阵作恶，但还没有强烈到必须要呕吐。

他并没有因为安德森的代劳而生气，因为，毕竟是他自己迟疑了，动作慢了。他此时所想到的是，如果安德森没有多事，他也一定会开枪的，于是，他便相信自己的病应该能治好，是的，只要给他机会面对面地杀死小泉敬二，他就必定能够恢复“健康”。

不想，安德森却在一边跳着脚叫道：看我举枪，你就该把他拉到一边，我昨天刚刚擦完车，这下子白费力气啦。但从表情上看，能见到熊阔海他还是很高兴的。

熊阔海和裴小姐坐进汽车后座，安德森飞也似的将车驶入码头区，而在他们身后则突然冒出来许多的苦力和四轮平板车，将道路堵得严严实实。熊阔海说，你小子安排得挺周全。安德森说，日本人这次真的发疯了，他们也许当真敢在租界里追杀我。

熊阔海这才坦诚地告诉安德森，他打死的那人并不是小泉敬二。安德森说我早就知道那人是假的，但没办法通知你，我等在这儿也只是碰运气，原以为你小子在劫难逃，活不成了哪。熊阔海问你怎么会知道第一个下车的不是小泉敬二。安德森说是杨小菊那混蛋说的，但他只告诉我出现的目标不是小泉敬二，看来他也不知道车里其实是两个人。

这时熊阔海才问：你告诉我，我女儿现在怎么样了？安德森摇头叹气地折腾了半天方道：要不我怎么说日本人疯了哪，他们这次真的疯了，接你太太的救护车来的时候，守在那的日本人居然敢拦住不让开车……

熊阔海发现安德森的话与小泉敬二告诉他的情况很有些不同，便拦住他的话头道：你从头仔细讲。

安德森一边开车在码头上的货堆和仓库中间乱窜，以甩开可能跟踪的日本人，一边言语混乱而夸张地对熊阔海讲述了今天中午发生的危险状况。他说:你太太真是好样的,你知道,那个当口儿,那个阵势,不论是我还是别的什么人,谁也别想把你太太和女儿偷出来。这话我也亲口对你太太讲了,你太太是个女英雄,圣女贞德、穆元帅、赛金花,了不起,她对我说,你只要把我女儿抢出去就行。可我真是没办法做到,我要是派手下人单独行动,他们必定会被日本人和杨小菊的手下乱枪打死。还是你太太,中国女人良心大大的,好样的,她居然能想出那么一个了不起的办法——自杀!这是她在昏迷之前亲口对我说的,她说她把女儿暂时支开,先是打电话给医院叫了救护车,等车快到了便吞下去大半瓶硝酸甘油。当时她的心跳比赛马还快,眼看着人就不行了,救护员用担架抬着她往外走,你女儿跟在后边,可日本人不干了,非要救护员把人再抬回去。我手下的人看这是个好机会,就非要把人送医院,杨小菊的人大概也动了好人心,也说先把人送到医院再说。结果三方在街上来了一场激烈的枪战,死了好几个人……我赶到医院时你太太刚刚洗过胃,但没说几句话就昏迷了,医生说什么来着,啊,叫"凶多吉少"……

在安德森讲述期间,裴小姐始终紧紧地握着熊阔海的手,此时忙问:熊太太现在怎么样了?安德森怪笑一声道:对不住,让你失望了,我离开的时候她还活着。裴小姐焦躁道:我不是,我是问……

熊阔海拦住她的话头问安德森：我女儿呢？安德森说：你女儿很安全，我把她装在棺材里偷出来，送进了法国教堂的孤儿院，院长嬷嬷是我的老朋友，当即就给她剪发换衣服，完全变了个模样，现在别说日本人去找，就是你亲自见了也未必能认出来。

听说女儿安全了，熊阔海心中的负罪感便减轻了许多，同时他也被他太太感动了，那样病弱的一个女子，居然有勇气假借自杀来拯救女儿，当真了不起。再回过头来看裴小姐，他发现裴小姐满脸是泪，便问：你还好吧？裴小姐抽泣道：如果是我，我也会那么做！熊阔海只好说：我相信你会的，我相信。他知道此时应该考虑安置裴小姐的问题了，他不能再把她交给杨小菊，但交给安德森也不是办法，看来，只能委托上级领导，将她送到根据地去。

他们在身后没有发现日本人跟踪，汽车终于驶上了英租界中街，街道两旁林立的各国银行大楼在薄雪中更显得傲慢与冷漠。安德森突然道：我答应你的事虽然办得不漂亮，但你女儿总算是救了出来，再有，该做的准备工作我也早就做好了，你看……他取出两张火车票举在手中，接着说，头等卧铺包厢，给你太太和女儿准备的，是今天晚上从天津到浦口，然后坐船过江再转车去上海的联运票，另外还有500元法币、500元联银券和500元给她们在上海用的中储券，想得够周到吧？但是，你答应替我办的事呢？小泉敬二现在可还活得好好的，今天晚上就要坐这趟车去上海啦！

熊阔海伸手拿了一张车票。现在对于他来讲，杀小泉敬二已经不是当初的迫不得已，而是自觉自愿了，因为这不仅关系到他个人的荣誉和尊严，更重要的是，他要向组织上，同时也要向自己证明他是一个还算不错的革命者，而绝非此前所表现出来的孱弱、怯懦和言过其实。

让他没想到的是，裴小姐也伸出手来拿了一张车票。他急忙拦阻，裴小姐却道：这个地方让人伤心，我想到了上海之后再转去重庆，在大后方找个工作，不再回来了。然而，熊阔海却认为她的这番话必定是托词，只是一时间找不到合适的理由来阻止他。

安德森见他们都拿了车票，便一手把着方向盘一手拍着腿大笑起来，说，杨小菊这个混蛋确实有玩意儿，果真让他给猜中了，他说你们两个肯定会一起去。裴小姐问为什么要这么说。安德森笑得音调都变了：实话跟你们说，车票是杨小菊给准备的，小泉敬二就在你们隔壁包厢……

熊阔海向裴小姐脸上望过去，裴小姐也在注视着他，于是，两个人一起笑了，因为他们确实想到了一处。

安德森接下来又开始了他惯常的信口开河：你们一起去就对了，我费劲巴力地撮合你们这对儿秘密小情人，可不能没有喜酒喝……裴小姐瞧了一眼熊阔海的表情，忙嗔道：不许胡说八道。安德森却还在那里没心没肺地打趣：你们俩尽管去吧，孩子的事交给我了，等过两天熊太太死了，我立刻就给你们拍电报……裴小姐必定是惊恐得一时讲不出阻止他的话来，只好慌忙伸手去捂他的嘴。

熊阔海并没有因为安德森的胡言乱语而发怒，他只是叹了口气，是的，西洋人不管在中国待了多长时间，终究还是西洋人，他们不知道死人的玩笑是开不得的，特别是当着"姨太太"的面议论"太太"的死。

22

津浦路上的头等卧铺车依旧是欧洲早期的豪华车厢，每一个双人包厢都有自己独立的通往站台的车门。与欧洲不同的是，中国的列车员只是轻轻松松地站在一边为乘客验票，而四下里跑来跑去，张罗着安置乘客的，则是中国列车上独有的茶房。

为了避免和小泉敬二直接碰面，熊阔海与裴小姐很早便赶到了站台上。因为准备出行的时间很紧，他们没能置办与新身份相符的贵重衣服，只是由安德森找来个犹太师傅，仓促地替熊阔海配了一副镜架宽厚的玳瑁边眼镜，让他的相貌看上去略微有了些改变，然后他们便提着一只临时拼凑起来的皮箱赶到了车站。

这节车厢的茶房是个精瘦的中年男人，一只手从搬运工那里抢过熊阔海的皮箱，另一只手利落地拉开包厢门，目光如同妓院里“瞭高的”，迅速而仔细地估量着他们的衣服和行李的价值，嘴上谀辞如潮，其实是在转弯抹角地打探他们的身份和财产水平。

熊阔海知道，除去裴小姐身上的这件貂皮大衣，他们二人的衣饰与高级卧铺包厢差异极大，这必定会引起茶房的猜疑。列车上的茶房都是花钱买来的位置，向来是要兼任铁路警察的眼线的，如今国家沦陷，这层关系想必也被日本警察接收了，所以，他们二人身上如果有什么破绽，必定会被茶房首先发现。

茶房安置好他们的行李，便在嘴角挂起表面顺从却又略显诡秘的笑意，问先生和太太还有什么吩咐，等他发现熊阔海指间的钞票上露出了岳飞头像的图案时，那笑意便当即变成了谄媚和“天知地知，你知我知”的知心。早年熊阔海常与这些人打交道，知道这茶房如果方才还在怀疑他是抗日分子的话，此时必定已将他当成鸦片贩子或是银行抢劫犯，因为，任何一个正派的绅士，即使再富有，刚上车时最多也只会赏给他1元钱。

裴小姐打开通向走廊的门看了看，告诉他，他们的包厢在车厢的中间，距两边的车门都很远。而他从站台上看到，除去他们之外，卧铺包厢的乘客全都是日本高级军官和体态肥胖的汉奸。

小泉敬二也到了，相貌与照片上没有太大差别，只是更瘦了，面容倦怠，目光阴鸷。给他送行的人很多，有不少汉奸手中提着装满“路菜”的蒲包和捆扎整齐的酒瓶子,殷勤地拜托茶房帮忙送到包厢里。值得庆幸的是,小泉敬二的包厢里只有他一个人,想必是某位汉奸献殷勤,替他包下了那个双人包厢。

20点15分,天津至浦口的列车准时从天津西客站发车。列车员进来替他们锁好了通往站台的门,只说了声有事叫茶房,便再没见到人影。不一会儿茶房也来了,为他们送来热水瓶,支起装在站台门上的折叠餐桌,并且动作夸张地取出一只正兴德的“绿竹”茶叶袋,为他们沏了一壶花茶,口中却一个劲儿在抱怨,责骂汉奸们有多么的混蛋,只知道巴结日本主子,送的路菜都能摆“满汉全席”了,抢去了让他“挣几个辛苦钱”的机会。

听到这一连串的暗示,熊阔海便点了几样小菜和两碗面,茶房这才高兴起来,告诉他们今天会有日本宪兵查票,还要搜查中国乘客的行李,要是带着什么不方便的东西可以先交给他保管,等过了沧州就没事了。熊阔海说自己身上干净得很,但这一路上你还得多照应,下车时自然少不了你的好处。茶房也当即从衣袋中摸出一张行李票给他,说这下子您老就周全了。言罢告辞,走出包厢的时候,他还特意为他们拉上了房门的窗帘。

看来,茶房还真是把他当成了潜逃的罪犯,这让熊阔海感到好笑,但也为自己能将自幼受到的富贵教育运用于革命工作而感到高兴。上车时给茶房的那5元联银券的小费，此时已经开始发挥作用了，因为这家伙必定是发现了他们的行李太轻，不像是出远门的贵客，而且，这一点也绝对逃不过日本宪兵的眼睛，所以他才送过来伪造的行李票，好让他们在关键时刻替自己解困。既然有了这一来一往，熊阔海下车时给他的那份赏钱，也就不得不慷慨了。

列车驶离市区，傍晚时分的小雪此时已经变成搓毛扯絮般的大雪，而隔壁小泉敬二的房间里也突然热闹起来。茶房给他们送来了小菜和面，还有一小壶温热的白酒和两只鸭蛋青色的瓷酒杯，说，这是小的孝敬您的，天气不好，您老喝两口儿也好睡个安稳觉。熊阔海问他隔壁是怎么回事。他说，我在报纸上都看见了，隔壁那家伙今天死里逃生，可也必定是给吓得半死，这会儿把车厢里的日本军官都招到他房里，正就着路菜给自己压惊哪。熊阔海故意打趣道：那你就该跟着发财啦。茶房一伸舌头，边笑边恨道：日本太君多半都是“花子根儿”，他们把我使唤到死，也不会赏一个小钱儿，也就您这样的大爷，才是我们这路苦人儿的财神。

车到沧州停站两分钟，隔壁房间里的日本军官正在散去，显然所有人都醉了。此前，熊阔海几次到走廊里侦察，透过包厢门上的玻璃，可以看到小泉敬二正在大杯喝酒，脸上的笑容很紧张，显然还没有从下午的对峙中缓解过来。

他取出安德森交给他的列车员专用钥匙，在车厢门上试了试,果然好使,然而,为了防止有人中途袭击列车,车厢两头的上下车门都另外加了铁锁,单凭这把门钥匙打不开。这样一来,如果他不得不中途跳车逃生,就必须选用包厢内通往站台的门。虽然用这把钥匙能打开那扇门,但那扇门是直通站台的,并没有让他下到路基的阶梯,所以,如果让他带着裴小姐从高处跳下飞驰的列车,那就太危险了。

要是就这样摔死了可太不值得,他心中感叹,认为自己此时已经不再是下午开枪射击前的那个人了。他能这样想,首先是因为,自从摆脱了所有人的控制之后他才发现,刺杀小泉敬二的任务再不是必须以牺牲他的生命为代价了;其次是因为,如果说此前他只是同情和怜惜裴小姐的话,自从裴小姐从安德森手中拿过那张车票,决定追随他一同前来冒险的时候,他便知道自己以往看错了这个女子,她原来是如此的出人意表。他甚至觉得,假如能与她生活在一起,不论是对于他,还是对于他的女儿,裴小姐都应该是可信赖,可依靠的。于是,所有的理由都在要求他完成任务之后全身而退,要求他带着裴小姐一起活下去,然而,等到他猛然想起昏迷在医院中的太太时,这份在危险之中对幸福安宁的憧憬便又显得是那样的丑陋和不道德。

除去没有找到安全的撤离办法,茶房也是让他感到头疼的一个难题。每次他到车厢中侦察,都会遇上茶房谄媚的笑脸,他不知道这家伙是在惦记着他的赏钱,还是在窥伺他的真实身份，看是不是值得出卖给日本铁路警察，好领取更多的赏金。于是，他决定再等一等，等到午夜过后多数人都睡下了再行动。

车轮在铁轨的接缝处轧出单调的催眠曲，车厢暖气的温度也降了下来。裴小姐将腿蜷缩在毛毯里，倚在他的肩头闭目养神，手指紧扣着他的手指，像是生怕他突然间跑掉。于是他又发现，将裴小姐拉进如此危险的环境当中，甚至比接受她的爱情所承担的责任还要大，所以，他日后绝不能将她丢下不管，但到底该怎样安置她，他还没有任何头绪。

裴小姐挪动一下身子，伸手从腰里掏出一只小小的医用玻璃瓶，说这瓶子硌得我不舒服，便小心地将它塞进熊阔海的衣袋里。今天傍晚时，安德森带着他们在街上转了一阵之后，便将他们藏进了英租界消防队的车库，并且收去了熊阔海的手枪，然后将杨小菊替他们准备的旅行经费和列车员专用钥匙交给他，最后才拿出这瓶通常被称作“哥罗仿”的医用麻醉剂——氯仿。安德森说，杨小菊是个细心的家伙，他说没办法让你把枪带上车，想给你带把刀可又担心你怕血，就给你弄来这瓶麻醉剂。熊阔海当时嘴上说麻翻了那家伙再杀他，岂不让他死得太舒服了，但在心底他却不得不赞赏杨小菊的用心深刻，显然那家伙已经猜想到他还没有面对面杀人的经验。

这时裴小姐突然问，你打算怎样动手？他说，等过了午夜小泉敬二睡熟了,我开门进去,先麻醉了他,然后再杀他。裴小姐的下一个问题却一下子跳得极远，她问，等回到天津,我们是不是就该住在一起了?

这个问题他实在难以回答,因为他太太还在医院中生死不明。他绝不会盼望他太太就此死去,但也绝不能在他太太还健在的时候就答应与裴小姐同居，因为这样做实在是不道德,况且,党组织也绝不会允许他娶姨太太的,绝不。

许是见他沉默不语,裴小姐接着道,我知道你是个仁德君子,所以才会感到为难。我是个好女人,我不会让你为难,等回到天津,如果你太太安然无恙,我们就还是好邻居,如果你太太万一有个三长两短，我也会成为你女儿的好继母……她突然又摇头道,你看我说的这是什么话,我怎么能咒你太太?但我想让你知道的是,假如有那么一天我们真的能在一起,你不用担心会有《鞭打芦花》那样的事发生……

23

车到德州的时候已经过了午夜，熊阔海来到站台上闲走，发现围住扒鸡小贩的乘客全都是日本人，这些家伙在日本岛国从来也没吃过整只的鸡，更不要说被伊滕薰誉为“远东第一美食”德州扒鸡了。

因是午夜，天又下着大雪，铁路警察和日本兵都远远地躲在候车室里，没有在站台上巡查，只有铁路职员手持信号灯守在那里，不远处还传来检修工用小铁锤敲打列车机件的声音，当当的让人感觉凄凉。他走到小泉敬二的窗外，发现里面的灯已经熄了，只剩下一盏脚灯发出极微弱的光，窗上拉着窗帘，想必这家伙醉饱之后已经睡下了。于是，他便也抢购了一只还有些温热的扒鸡托在手中，跑回包厢。如果杀了小泉敬二之后不得不逃亡，有这只鸡在手就可以免得在大雪天里饥寒交迫了。

开车的哨声响起，熊阔海叮嘱裴小姐要老实听话地待在包厢里等他回来，便又穿戴整齐回到走廊上，混在买了扒鸡回来的日本人中间乱走，等到大家都回到房中之后，他这才停在小泉敬二的门外。不想，茶房突然出现在他身后，问：小两口儿是不是吵架了？大冷的天她可不该把您锁在门外。茶房拿出钥匙插进锁孔，却不忙开门，口中道，您老可千万别跟列车员说是我帮您开的门，按规矩我们不能有钥匙，这把钥匙还是我一个月前偷那小子的，结果让他被罚了半个月的工钱。

熊阔海很担心茶房这一番唠叨会将房中的小泉敬二惊醒，便又随手从衣袋中摸出张钞票给他，房门这才被打开。茶房的脸上堆满谄笑，但目光很诡异，口中说“您老自己照应自己吧”，便脚步飞快地离开了。

小泉敬二的包厢门就这样被敞开了一条细缝，熊阔海仔细地倾听内中的动静，但车轮声太大，什么也听不清。他无法相信茶房居然没有发现这并不是他的包厢。天津卫的老爷们儿每日出门挣钱，凭的就是良好的记忆力和随机应变的机灵劲儿，外加一张好嘴，这家伙是专吃这一行饭的，如果连这点殷勤的小事也记不清，必定穷得穿不上裤子，更不要说花大价钱买职位在铁路上谋事了。

于是，他又悄悄地将小泉敬二的包厢门锁好，脚步沉重地来到车厢尽头茶房的小房间，假装发脾气，说，你脑袋里装的是大粪吗？那不是我的包厢，里面住着个日本人。茶房连忙赔笑脸，说，我以为您老跟那位太君有约，这车上每天人来人往，干哪路活儿的都有，不只您老一个人儿有秘密，您看看，我刚才不是还在托词替您打掩护不是？

茶房八面玲珑的话语让熊阔海无从发作，况且他也不想当真发作，以至于惊动了别人，他只是担心茶房会出卖他。等茶房口中潮水般的自辩讲得差不多了，他这才道：你小子给我把狗眼睁得大大的，认清你大爷是哪路神仙，少给我管闲事。茶房的笑容丝毫不减，说：小的是狗眼看人低，您老大人有大量……

回到包厢，见裴小姐双目殷殷地望过来，他便觉得很没面子，只好说，现在不方便，再等等，等快到济南的时候我再动手，然后我们就在济南下车。裴小姐没有问他任何问题，依旧是将头倚在他的肩上，手指紧扣住他的手指，像是生怕他跑掉。

这列客车为了给军车让路，在禹城站临时停车。站台上卖高粱饴的小贩们像是意外见到了财神，扑上来猛敲车窗。熊阔海连忙打开车窗买了两包，免得他们吵醒了熟睡的小泉敬二。

高粱饴在寒冷的空气中冻得很硬，可一旦放入口中，很快便融化了，软软的带着股子粮食的香气，内中的糖分也让熊阔海心中的不安平静了下来。既然已经走到这一步，就没有任何退缩的理由，况且，即使抛却杀死小泉敬二是为了解开自己的心结这个理由，他也不能退缩，因为，不完成任务，他实在没脸去见上级党组织。

高粱饴的味道虽然轻淡，但是仍然会让他感到口渴，不想，茶房仿佛是知道他的心思一般，敲门进来说，我看见您老买糖了，吃了那东西“叫水”，可喝陈茶又伤胃，我就赶紧给您送开水来了。他边说边将壶里的陈茶倒进提在手里的铁桶中，换上新茶叶，又用带过来的新热水瓶将茶沏上，便一哈腰拿着前一只热水瓶出去了。熊阔海侧耳静听，发觉茶房没再敲其他人的房门。他相信这趟车上不会有人认出他就是昨天与小泉敬二对峙的那个人，也就没有必要怀疑茶房对他的格外关心其实是来一探虚实，但是，这个家伙除去惦记着他给的赏钱，还会有什么目的？他一时间没想明白。

战争期间，临时停车可能会等很久，去年他从重庆回来，是从宝鸡乘车到徐州，然后倒乘从浦口到天津的列车，那一次正赶上日军冬季大扫荡，军车抢道，让他从徐州到天津的这段路走了整整两天。

裴小姐终于睡着了，她的面容沉静，全然没有平日里孤独忧郁的苦相。他轻轻地将她放倒在卧铺上，盖上毛毯，又在外边盖上她的皮大衣。这几日他与小泉敬二斗智斗勇，最辛苦的其实是她。她已经有三四天没能睡上一个好觉，看到她熟睡的样子，熊阔海心中又甜又苦。

三十分钟之后，车厢的挂钩咣的一声巨响，列车驶出了禹城站。从禹城到济南只有一个多小时的车程,他必须在此期间完成任务，然后带着裴小姐从济南下车。如果一切顺利,他们可以乘明晚的火车返回天津,白天等车的时间里,他还可以带着裴小姐逛逛大明湖和千佛山;如果出现差错,他们也可以向烟台“逃窜”,然后再乘船返回天津,反正杨小菊托安德森转交给他的经费很充足，即使绕道广州也足够了。

车厢挂钩的声音将裴小姐惊醒了,她立刻又将手指扣紧他的手指道：对不起我睡着了，你可不能瞒着我一个人去干。熊阔海笑道:我正要叫醒你收拾行李,咱们在济南下车。裴小姐脸上一喜,叫道:你不干那事了是吗?熊阔海只好摇头。裴小姐说,那我跟你一起去。熊阔海只好告诉她,茶房盯得他很紧,两个人一起行动容易引起怀疑。最后他将她拉到身前,轻轻地搂住她,故作轻松地开玩笑道:你就留在这里,万一我被抓住,还得指望你去救我哪!

24

已经是凌晨3点多钟，这一次熊阔海没有在走廊上遇到多事的茶房。小泉敬二房门上的锁缺油了，钥匙在里边转动时发出吱吱的声音。他仔细地将门打开一条缝，侧耳向里边倾听，但依旧是车轮嘈杂，什么也听不到。包厢里的车窗上挂着窗帘，窗外没有任何光亮，此时走廊里的灯也熄了，只有光线微弱的脚灯照在方圆不足三尺的地面上。

突然，一支凉丝丝的枪管顶住他的脖子，同时在他耳边响起了一个熟悉的嗓音，讲的却是东三省口音的汉语：熊先生，你怎么才来？

顶灯被打开，熊阔海看到小泉敬二脸上笑得像个奸臣，便问：原来你会讲汉语，电话里怎么不讲？小泉敬二笑得更开心了：我要是像你一样粗心，被你了解了我的一切，怕是这会儿尸首都凉了，来吧，快请坐。

熊阔海坐到卧铺上，小泉敬二坐在他的对面，手上握着一支中国人俗称“王八盒子”的南部十四式手枪。熊阔海知道,虽说这是世界上公认的最差的军用手枪,但近距离杀人却不成问题。

小泉敬二笑道:我刚一上车,就有人告诉我,说你们这对情人居然会是我的旅伴, 这可真是让我开心……熊阔海没有开口,却发现小泉敬二今晚一定没少喝酒,粗糙晦暗的脸上现出两团酡红。小泉敬二接着道:旅途寂寞,能有你这样的旅伴一起谈谈说说,真是太好了。我只是不明白,你既然侥幸逃了出来,为什么还要对我穷追不舍? 见熊阔海依旧不开口, 他便越发地得意起来: 下午我们在电话里交谈的时候,你是何等的刚强,何等的傲慢,如今你被我抓住,为什么不一展辩才,好说服我放了你? 我们日本人可是最容易被感动的……

小泉敬二没有搜他的身, 这很是出乎熊阔海的意料,因为他担心大衣口袋里的氯仿被搜了去, 那可是他唯一的自救机会。转念一想他又明白了,车到沧州之前,日本宪兵来搜查,曾经很仔细地搜过他的身上和行李,这些都应该是小泉敬二的安排,他知道他没有带武器。然而,那些日本宪兵当时并没有对会讲日语的裴小姐搜身, 所以他们才没发现这瓶氯仿,而这一点小泉敬二就未必知道了。

这时,小泉敬二扯动呼叫茶房的铜铃,茶房便像一直在外边候着似的敲门进来, 口中唱戏般拉长声音叫道: 太君好！熊先生好！但熊阔海从他望向自己的嘲弄的眼神中立刻得知，自己很可能就是被这个唯利是图的小人出卖的。小泉敬二吩咐茶房叫来车上的乘警，让他守在裴小姐的门外，并且对乘警命令道：你不许进门去，绝对不许。然后，他再次面对熊阔海，口中依然客气得很：虽说我们以往是对手，但能同乘一车便是百年之缘，为了这个缘分，我想你应该对我讲几句实话。

熊阔海并不是不想与小泉敬二斗嘴，既然已经身陷绝境，就应该没有什么可在乎的了，然而，他知道自己还有很多事放不下，真的放不下。首先他放不下的是还在隔壁等他的裴小姐，但他们二人的身份都已暴露，裴小姐被捕只是早晚的事。其次他放不下的是组织上对他的看法，因为小泉敬二不是军人，而是个警察，这类家伙不懂军人的“交战道德”，什么事情都干得出来，他甚至会将他和裴小姐毁尸灭迹，或是偷偷地送往日本做劳工，然后再伪造他与裴小姐背弃党组织私奔的证据，甚至伪造他叛党的证据，并且借着杨小菊发动的宣传攻势所造成的巨大影响来羞辱党组织。

你可真是个自以为是的废物！熊阔海深深地痛恨自己的无能，但他并没有就此失去完成任务的勇气，或者说，这次意外的失手反而将他的勇气激发了出来——作为一个有理想的人，不管他有多少大事放心不下，也不应该妨碍他去赴死，因为，这时的死已经不再是简简单单的物质毁灭了。

这时，暖气管中发出一阵丝丝的响声，灼热的水蒸气又让已经很冷的房间一下子热得难受。小泉敬二脱下大衣，也招呼熊阔海摘下圆顶硬礼帽和大红羊毛围巾，脱掉弊旧的大衣，并且给他斟了一杯日本粗茶，那知心的样子很像是两个老朋友在结伴旅行。

熊阔海将礼帽、围巾和大衣都挂在衣帽钩上，这原是他防止有人发现他走错房间时的伪装，如今用不上了。裴小姐的门外有乘警看守，小泉敬二手中有枪，再加上那个为虎作伥的茶房，他绝没有脱身的机会，更不要说顺利完成任务。他知道，若是在以往，得知自己身陷如此绝境，他必定会神定气闲，拿得起放得下，像任何一个纯粹的中国文人，比如金圣叹和谭嗣同那样，踏踏实实地去赴死，然而今天他的感觉大是不同，他感觉心中火烧火燎地难受，感觉两手发胀发热，感觉“好名”之心旺盛，感觉从来也没有像今天这样清楚明白地知道他是多么地疼爱他的太太和女儿，还有裴小姐……

他已经不再像当初那样，表面上认为自己是一个旧式的中国文人，其实却是一个有着文人外貌的纨绔。他的那种内心散淡、傲慢、凡事无所谓的人生态度正在消退，代之而起的是对荣誉、民族气节和伟大人格等等他以往认为大而无当的观念的热心，是将有用之身去实现理想和享用理想的自珍自重。他知道自己永远也不会有像老于那种以舍生取义为荣的狂热，但他认为自己今天确实找到了一个民族战士应有的心理状态。于是他对小泉敬二笑道:你不要高兴得太早,我今天一定会实现对广大民众的诺言。小泉敬二问他是什么诺言。他回答得很简单:就是杀死你。

这一次轮到小泉敬二沉默了。他满面苦苦思索的愁容，手上的十四式手枪举起又放下,挣扎了许久方道:我真的不明白，你们这些家伙怎么都是一个样？既然落到了我的手里,就安心认命得了,干什么还要嘴硬？你知道的,在我这里,嘴硬只有一条死路啊。熊阔海摇头道:这些事情你永远也不会懂。

又沉默了许久,小泉敬二方道:我不会让你死的,我要保护你,但你必须投降,向我一个人。这句话让熊阔海感到很好奇,便问:为什么要向你一个人投降？小泉敬二感叹道:因为你把我害苦啦！我上车的时候你一定也在观察,难道没有发现送行的都是中国人,而没有一个我的日本同胞？为什么会这样呢？这是因为,在我的同胞看来,我昨天没能勇敢地站出来让你杀死,是胆小怕死的行为,给所有的日本人丢了脸,所以,在上海等着我的绝不会是什么高升的新职位,而会是无穷无尽的屈辱。你现在明白我为什么要让你活下去了吧？因为我原以为自己再没有理由活下去,本打算在车上剖腹的,不想,地藏王菩萨有灵,让你追了上来,这下子我们两个人就都有理由活下去了……

熊阔海笑了,笑得很开心,他道:你真的以为我会向你“一个人”投降吗?小泉敬二说你会投降的,一定会的。熊阔海接着道:你想过没有?如果我现在立刻就死了,你是不是除去剖腹自杀,就再没有第二条路可走了?小泉敬二说是的,但我不会让你死。熊阔海点头赞叹道:这样就好,你能明白这个道理,我也就放心了。说着话,他猛地向小泉敬二扑过去,双手紧紧地卡住他的脖子,根本就没有理会他手中的枪。

他希望小泉敬二就此开枪,因为他相信小泉敬二方才讲的是真话。日本人有着奇特的自尊心,小泉敬二在对抗之中所表现出来的警察的机智,在日本军人和狂热的日本民众眼中却是不折不扣的胆怯和自取其辱,所以,一旦小泉敬二失去了他这个自我解救的“理由”,就不得不自杀,这样一来,他也就等于用“舍生取义”这种微小的代价,圆满完成了组织上交给他的任务。

小泉敬二显然不想他死,便用枪柄在他的头上猛敲了两下,但用力不大,只敲出来两个巨大的肿块,没有流血,然后像蛇一样嘶嘶地对他低声叫道:我会让你投降的,我能找到办法,一定会的……

25

列车在济南站停了不少时间,加煤加水很费工夫。茶房进门来,指着熊阔海问小泉敬二:车长太君让小的来问您,是不是把这个家伙交给车站上的警察?小泉敬二说:你告诉他少管闲事,这个人得跟我去上海。

列车又开动了,下一站是徐州,其间再没有停靠站。熊阔海此时很为裴小姐担心,一旦她得知自己被捕,不知道会不会就此绝望,以至于做出什么傻事来。

小泉敬二像动物园中的狼一样,在包厢里乱走,双目充血,口中不住地用日语乱骂。熊阔海听不懂他在骂什么,便无从还嘴,只好歪倒在卧铺上,琢磨逃出去或是激怒小泉敬二杀死自己的办法。

方才,为了防止他再次发动攻击,小泉敬二用大红羊毛围巾将他的双手紧紧捆缚在身后, 又用围巾的另一头紧紧地将他的双脚缚住,然后便把他丢在卧铺上。熊阔海能感觉得到，安哥拉羊毛织成的毛线非常结实，但毕竟不像麻绳那样结构紧密，所以，当小泉敬二捆他的双手时，他表面上虽不情愿但还是很无奈地将手腕靠在一起，而实际上他却将两只手腕用力绷紧，让手腕上形成一股张力，这样一来，即使被捆得很紧，一旦他将手腕上的肌肉松弛下来，还是能够得到一点点松动的余地。

小泉敬二仍然指着他不住地乱骂，所以，他此时还不能有所动作，只是不住地变换身姿，借着身体转动的机会绷紧双臂和手腕，想利用毛线的弹性给手腕争取更大的空隙。被捆缚的结果让他得出一个新的结论，他其实并不怕死，只是现在不想死了。小泉敬二将他捆住，也就等于放松了对他的戒备之心，所以，他反而赢得了杀死这个家伙的机会。

经过不懈的努力，腕上的毛线确实正在松动。只要将腕上的围巾再抻长半公分，他就一定能抽出一只手来。小泉敬二将手枪放在餐桌上，离他的头不远，等双手脱离束缚，他在一秒钟之内就可以伸左手拿到枪，不行，还是应该用在上边的左手阻挡住小泉敬二，起身后再用右手去拿枪。然而，他的手腕现在也只能是略感松动，要脱出手来真是太难了。

茶房又敲门进来，先对小泉敬二鞠了一个大躬然后说，隔壁的裴小姐让我带话给您，问她是不是可以过来拜访？

小泉敬二说，好哇，我正没办法降服这家伙。熊阔海却在暗自叫苦，为了所谓的爱情可不值得冒这种险，况且，他还担心裴小姐所冒的不只是“生命危险”。由此他又想到他太太的自杀，便发觉，女人的勇气其实远远大于男人对她们的估量。

裴小姐身上也是衣装整齐，俄罗斯女式皮帽，貂皮大衣，长大的土耳其披肩，手上捧着德州扒鸡，脸上红扑扑的，不知道是因为包厢内这一刻温度太高，还是她居然在腮上擦了胭脂。小泉敬二吩咐乘警守在门外，又让茶房给换了一壶热茶过来，便用毛巾将熊阔海的嘴紧紧堵住，然后将包厢门从里边锁上了。

裴小姐开口讲的是日语，熊阔海听不懂，但小泉敬二回答时用的却是汉语，于是两个人便开始用汉语对话。熊阔海明白，小泉敬二这是故意让他听懂他们的谈话，也好借用裴小姐来胁迫他。

小泉敬二道：既然你决意要用自己来换出这个没用的废物，那么你有什么资本可以让我动心的呢？裴小姐道：他知道的事情我都知道，我可以告诉你想知道的一切。小泉敬二摇头奸笑：你这是在骗我，你又不是共产党，怎会知道他们组织上的事？裴小姐略作迟疑，又道：我还可以告诉你别的事。小泉敬二又笑：杨小菊的事我也清楚得很，况且你也未必当真了解那个半男半女的小白脸。

裴小姐沉吟了好一会儿，方道：我可以替他去死，你只要放了他，打我，杀我都可以。小泉敬二大笑起来，道：我们日本人从来也不认为女人会比拉车的马更贵重，你的性命怎能比得上他呢?

裴小姐不再讲话了,小泉敬二越发得意起来,问:那么,你为什么不建议交出你的肉体呢?那可是个无关紧要的损失。裴小姐怒道:士可杀不可辱。

于是,熊阔海便发觉裴小姐已经被狡猾的小泉敬二引入彀中。自从他们二人的对抗开始以来,小泉敬二就一直在寻找可以威胁他、降服他的关键手段,如今,这个手段终于被他找到了。

小泉敬二脱掉军服上衣丢在一边,然后从熊阔海口中掏出毛巾,顺手在他的脸颊上拍了拍,道:对不住了,你不肯投降,裴小姐又不肯献身,说不得,我只好强奸她了。而且,在我强奸之后，还会将车厢里所有的日本人都叫来一起强奸她,一直到她死掉。所以,如果你真的像传说里的中国男人那样怜香惜玉,还是赶快投降吧。

裴小姐拼死挣扎,弄出来很大的动静,以至于惹得茶房和乘警在外边一个劲地敲门,结果,小泉敬二开门给了他们一人一个大耳光,门外这才安静了。

小泉敬二好像并不着急,依旧是开玩笑似的与裴小姐撕掳着,终于将她的蓝布棉袍扯了下来,里边是一身碎花的细布棉袄裤。裴小姐开口道:我不会劝熊先生投降的,但也不能让他眼看着我被你玷污。小泉敬二问:那么怎样才好?裴小姐倒了一杯茶,又伸手摘下熊阔海挂在衣帽钩上的大衣,来到他身边,扶起他的头,喂他喝茶,然后在他的唇上用力吻了下去。

小泉敬二道:亲热吧,再亲热吧,这是最后一次啦。但在裴小姐的身子遮掩之下,熊阔海感觉到一股热流浇在手腕上,显然,裴小姐将剩下的那半杯茶浇在了捆住他手腕的毛线围巾上。

然后,裴小姐对熊阔海道:对不住,我去了,忘了我吧。便用大衣将他的头蒙住。

此时,熊阔海的心中是亦忧亦喜,忧的是裴小姐甘冒奇险,甚至有可能为了他而失身于侵略者;喜的是,裴小姐用大衣蒙在他身上的时候,让他清楚地感觉到,她从衣袋中取走了那瓶氯仿。

他猛然意识到,裴小姐对此事必定是早有预谋,因为他注意到裴小姐进门后虽然脱下了貂皮大衣和披肩,又被小泉敬二扯去了蓝布棉袍,但卡捷林娜女公爵送给她的那顶女式皮帽此刻仍然戴在她的头上。

天啊,希望我也能像她们这般聪慧且细心。于是,熊阔海开始奋力挣扎,他从卧铺上翻身而起,甩掉了头上的大衣,但由于手和脚被同一条围巾捆着,伸展不开,所以无法对小泉敬二做出攻击性动作。

小泉敬二很生气,冲过来用手掌和手背抽打他的脸,将他推到板壁上乱撞,打得他鼻子和嘴上鲜血直流。但他仍然在用头乱冲乱撞，好借着反抗来掩护手腕上挣脱捆缚的动作。同时,他也必须吸引住小泉敬二的全部注意力,给裴小姐争取时间,而最让他担心的是,他害怕裴小姐纤细的手指没有力气打开玻璃瓶上那个医用的翻盖橡胶瓶塞。

突然,一股臭气飘了起来,小泉敬二发怒了,狂叫道:该死的支那猪,你居然敢把屎拉到我的床上！熊阔海却心中大喜,杨小菊这家伙到底是个细心人,他没有给他们准备吸入效果更强烈的乙醚,必定是因为乙醚的味道太特殊,一嗅便知,不似氯仿这股臭气,可以造成暂时的错觉。

为了维持住对小泉敬二的吸引力,他踊身而起,张开大口向对方咬去,却被小泉敬二一脚蹬在脸上,又跌了回来。也就在这个时候,他看到,裴小姐居然像只猴子一般灵活地攀到小泉敬二的后背上，她手中的女式皮帽一下子捂在他的脸上,双腿如藤蔓般紧紧缠在他的腰间。

好哇,聪明的女人,她方才半推半就地让小泉敬二扯下她的棉袍,原来是为了方便做出这个高难动作,而她一直戴着皮帽不肯脱下,也是为了此时将氯仿倒在皮帽里,然后就可以严严实实地扣在小泉敬二脸上。熊阔海大喜过望,同时用尽全力去挣脱手腕上的束缚。裴小姐倾倒的那半盏茶水浸湿了他手腕上的羊毛围巾，毛线遇水后变得很结实,但是,却变细了,弹性也增加了。只有自己会染会织毛线衣的巧手女人才能想出这等高妙主意，熊阔海对裴小姐的机智佩服得五体投地。

小泉敬二背着裴小姐在房中乱转,同时伸手向后去抓她的双肩,想要用柔道中的背摔技将她从头顶上摔出去。熊阔海认为裴小姐必定是在学日语的同时也了解了日本人的这些手段,她用双臂箍紧小泉敬二的脑袋,将皮帽扣紧在他的脸上,双腿缠住他的腰……

裴小姐毕竟力弱,最终还是被摔了下来,而小泉敬二却现出了没出息的日本醉汉的原形,脚下好似踩了棉花,口中胡言乱语,显然他已经吸入了不少氯仿。但他没有去伤害裴小姐，也没有向熊阔海冲过来，而是摇摇晃晃地走向包厢门。这家伙要去找人来帮忙。

熊阔海只感觉心中一阵狂喜，双手的束缚终于解脱了。他伸手抄起餐桌上的手枪,但因双脚还被捆在一处,便只能像唱戏的表演跳僵尸一般,双脚一蹦一蹦地追上“大醉”的小泉敬二,一把揪住他的衣领,用枪柄在他的头上猛击了两下,然后两人同时摔倒在地。

他下手并不重，只在小泉敬二的头上敲出来两个肿包，没有流血,接着他在女式皮帽里又洒了些氯仿,拿一条毛巾将皮帽捆扎在小泉敬二的脸上,让他继续吸入麻醉剂。

他将耳朵贴紧在门上,能听到门外的茶房和乘警正在闲扯,显然小泉敬二方才的那两个耳光打掉了他们的好奇心。

裴小姐昏过去了,他将她抱到卧铺上,仔细检查她的头和脖子,并没有伤痕,再凑近她的口鼻嗅了嗅,又用面颊去感受一下她的呼吸,终于发现,原来裴小姐也被麻醉了。她一定是在用双臂箍紧小泉敬二的时候,也用自己的头去压住小泉敬二的头,这样一来,她也吸入了不少氯仿。

他倒了些凉茶在她的额头上,没有动静,她仍然睡得很熟。

经过方才这一番厮打,房中弄得很乱。熊阔海撕开床单,编成结实的绳子捆住小泉敬二的双手和双脚,然后将羊毛围巾的一头系紧在他的脖子上,另一头系在了翻板餐桌的铁架上。有了这个保险措施,也就避免了小泉敬二会像他一样找到挣脱的机会。

他担心小泉敬二吸入的麻醉剂过多,就这样糊里糊涂地死掉,便解下捂在他脸上的皮帽,又用毛巾塞住了嘴。

下一步,他知道自己不得不面对那个一直在纠缠着他的难题——用哪种方法杀死小泉敬二。

26

裴小姐还在熟睡，熊阔海喂她喝茶，茶水从她的嘴角流了出来。

现在他正面临着两个难题，一个是怎样杀死小泉敬二，一个是如何安全地带领裴小姐逃走。他为裴小姐穿好棉袍和皮大衣，一旦她醒来之后，他们就必须立刻行动，因为，他不知道门外的乘警会在什么时候再敲门，况且，此时离天亮没有多久了，车到徐州站之前，多事的茶房必定会巴结小泉敬二，给他送早饭来。

小泉敬二也在熟睡，头倚在通往站台的门上，两颊上带着鲜艳的酡红。用什么方法杀死这个混蛋呢？这是个颇费思量的难题。

他知道，最简单的办法是开枪射击，但在这里肯定不行，根本就不能考虑。用枕头闷死他，或是弄断他的颈椎？这种办法太普通，太世俗化了，报纸上经常会有类似的新闻。如果他这么做了，消息传回天津，必定要让那些对他满怀热情的“观众”失望，因为这种手段只会让人们联想到谋夺遗产的逆子，或是恋奸情热的奸夫。

这样可不行啊！他不能给党组织带来一丝一毫的污点，他必须让人们将他看成是一个反抗异族侵略的民族英雄，而他的组织则是由这类英雄组成的团体。

当然了，让这个刺杀事件在报刊新闻中充满戏剧性的办法他不是没有，正因为他有好几个这种办法，所以才费思量。

他找出一条长大的干浴巾，拧成一股粗绳，然后再在一头系上床单编成的细绳。餐桌上有筷子，板壁上有几只结实的衣帽钩，还有两只衣架。有这些东西就足够了，他可以用筷子将拧成绳的浴巾塞进小泉敬二的胃中，再将两只衣架塞入他的军服里，给他穿上军服，系好衣扣，然后像挂大衣一样将他挂在一只衣帽钩上，而系在浴巾另一头的细绳则可以就近系在另一只衣帽钩上。

他相信，准备好这一切用不了太多的时间，只要裴小姐能尽快醒来，或是她在到达徐州站之前醒来即可。在这个办法之下，他可以有两种逃生方案，一个是让裴小姐用日语将门外的乘警叫进来打昏，然后他找到列车员打开车厢尽头的上下车门，这时他便可以拉下列车的紧急制动闸，强制停车。如果一切顺利，挂住小泉敬二的衣架铁丝钩会在列车紧急刹车的惯性下被拉直，他也就会跌落在地上死去，而他们二人便可以借着茫茫夜色，消失在大雪之中。当然了，为了避免饥寒交迫，他们得穿暖衣服，还要带上那只德州扒鸡。

第二个逃生办法，是他们等列车即将到达徐州站时，只用一只衣架将小泉敬二挂起来，再打昏乘警，然后他穿上小泉敬二的军服，带着裴小姐大摇大摆地下车。小泉敬二的车票是直达上海的联运票，在徐州站不会有人来包厢打扰他，而衣架上的铁丝钩最多只能支撑五六分钟，到铁丝钩被拉直，小泉敬二跌落在地上的时候，系在另一只衣帽钩上的细绳便会将他口中的干浴巾拉出来——当然了，这条干浴巾也就自然而然地会将他的胃从喉咙里掏出来，让他窒息而死。

这个主意太残忍了！熊阔海开始批判自己，虽说你没有从黄埔军校学成毕业，但毕竟受过正规的军人教育，怎么会想到用这种民间仇杀的手段来对付一个交战国的军人呢？这件事传回天津，记者们确是有好材料可写了，但是，你作为一个军人，却违背了交战道德。

他并不想用日本军人从1931年开始便从未对中国军人遵守交战道德的事实替自己辩护，因为那是对方的罪孽，自作孽不可活，日后总是要清偿的。他只坚持认为自己是一个有道德的军人，加入了一个有理想的组织，所以，当然不能以暴易暴。

他还有另外一个斯文的办法，同样可以无声无息地杀死小泉敬二，也同样可以保证他们得到那两个逃生的机会。

想到此处，他动手解开了小泉敬二被缚的双手，只将他的右臂束紧，再用绳子的另一头与他脚上的绳扣结在一起。这样一来，他的左手便空了出来，也没有绳子的捆扎制止血液的流通。

他抬起小泉敬二的左臂，这条胳膊又像死人一样松松地落下，他睡得很沉。这样很好，到时候他还是可以将小泉敬二挂在衣帽钩上，但要结实，不能用衣架。等到他开始行动的时候，就可以用小泉敬二的剃刀割开他左臂的动脉，让血顺着手臂流下来。为了防止血流出门外，他可以将痰盂放在下边接住流下来的血，还可以将圆顶硬礼帽的顶上挖个小洞，然后放在痰盂上，于是，血滴落下来的时候也就没了声音。

这是个不错的主意。他翻开小泉敬二的眼皮看了看他的瞳孔，又检查了一下系在他脖子和餐桌上的毛线围巾是否牢靠。他绝不能像小泉敬二那样大意，他要保证所有这一切都能进行得很顺利。他倒是一点也不担心小泉敬二可能会幸免一死，不会的，臂动脉被割开后，只需三分钟的时间他就会因为失血过多而死去，没有人能救得了他。

他又翻看了裴小姐的眼皮，发现扩大的瞳孔正在恢复正常，也许再过几分钟她就会醒来。他又检查了手枪、弹夹和剃刀等物，保证一切都在手边，便将裴小姐揽在怀中，静静地等待她苏醒。

不好，这样做很不好！他突然又想到了另一个问题。如果说用毛巾将小泉敬二的胃从喉咙里掏出来有违军人道德，太像是报复，那么，用刀割开臂动脉的手段让小泉敬二无声无息地死去，会不会更像是谋杀？

上级领导交给我任务，是让我刺杀小泉敬二，是军事行动，是交战双方所采取的必要手段，是处决，而非单纯的谋杀。如果他没有处决，而只是谋杀了小泉敬二，那也必定会让党组织的对手和敌人找到可攻击的把柄。

该死的！他环顾四周，想从包厢内的物品中间找到处决小泉敬二的方法。

突然，茶房在玻璃门上畏缩地敲了两下，又敲了两下。裴小姐还没有醒，无法替他打掩护。茶房道：对不起打扰您让您生气真是不应该啦太君，可是车长太君让我给您送来一封电报，说那边急等着回电。

熊阔海打开手枪的保险，推子弹上膛，然后摇动裴小姐，没有动静。茶房还在敲门，乘警也帮着敲，他们的声音也高了起来，已经有其他包厢的乘客被他们吵得出来骂街了。他知道自己不能回答，只要他一开口，茶房便能猜到里边的情况已大不相同了，如果他就这样沉默着，倒是可以让他们费些心思猜疑，给他争取一点时间弄醒裴小姐。

茶水倒在裴小姐的额上，脸上，她只是一味地摇头，盲目地伸手拦阻，意识还没有清醒过来。

外边的声音嘈杂起来，有人正在用钥匙开门。他随手抄起茶壶打过去，门上的玻璃碎了，人声一下子安静下来。他连忙将小泉敬二的行李往门边堆，希望能将他们拦阻一会儿。

有人开始撞门，他开了一枪，门外又没了人声。显然那些人没想到会发生枪战，被这一声枪响吓住了。但他知道，用不了一分钟这些人就会清醒过来，明白这到底是怎么一回事，因为这毕竟是战争期间，而且车厢里有许多乘客都是经验丰富的日本军人。

他扶起裴小姐，弯曲起食指和中指，像给幼儿"揪积食"一样，揪住裴小姐后颈上的皮肉用力一拧。裴小姐嘤的一声醒了，但还是迷迷糊糊地讲不出话来。他让她伏在床上，靠近板壁，以免枪战时受伤。

车厢中的人声越来越嘈杂，他伸手关掉顶灯，又用枪柄打碎脚灯。这样一来，他在暗处，对方在明处，交战条件比较有利。

门外有人伸手扯去窗帘，将手枪伸进来四处乱打。他没有射击那只手，而是向那只手的来处移过去一尺，将一串子弹打在板壁上。子弹穿透了双层薄木板的板壁，只听见外边有人发一声喊，手枪便跌落在地上。

很快又有人转动门锁，想要把门打开，但有小泉敬二的皮箱挡着，门只推开半尺，便被他一阵弹雨将来人打了回去。

换上最后一个弹夹，他知道自己必须做出决定了。在飞驰的列车上从高处往下跳，即便不死，怕是也得残废，但是，如果不跳，他和裴小姐便绝没有生路。

用杨小菊给他的钥匙打开通往站台的门，门上的餐桌便拉着小泉敬二将身子探出去一半。冷风一吹，这家伙立刻醒了，小眼睛一个劲儿地冲他做媚眼儿，如果不是嘴被毛巾堵住，他一定又是要劝降。

门外突然响起一阵暴雨般的枪声，想必所有的乘警和乘客中的日本军人都参加了这次强攻。他的弹匣中只有八发子弹，如果选择自杀的话，除了他、裴小姐和小泉敬二每人一发，他只剩下五发子弹可以用来战斗。

裴小姐还没有清醒过来，他再一次伸手到她脖子上“揪积食”，裴小姐忙说“疼，别弄啦”，但口齿不清。

包厢门咣的一声被撞开，他只得向门口露出的“剪影”猛烈射击，再次将他们打了回去。子弹打光了，现在即使想自杀也不成，他将依旧无力的裴小姐抱到通向站台的门口，在她耳边狂叫了一声“蜷起腿，抱住头”，便将她丢了出去。

也就在这个时候，走廊中的日本军人冲了进来，打开了包厢内的顶灯，几支手枪同时对准他。小泉敬二此时已经将口中的毛巾掏出来，身子虽然半悬在车厢外，但他还是用那只能活动的左手抓住了熊阔海的裤脚，高声叫道：别跳，你还是投降吧。

然而，熊阔海知道自己不能不跳，便一点也没有慌乱。他用一只手抓牢那只装德州扒鸡的蒲包，另一只手伸向小泉敬二。小泉敬二面上大喜，紧紧抓住他的手。然后，他便将身子一跃，拉着小泉敬二一起跳下车去。

就在身体跌入结冰的水沟之前，熊阔海清楚地看到，牢系在餐桌和小泉敬二脖子上的围巾恰好变成了绞索，让小泉敬二好似一只玩偶，被摇摇晃晃地悬挂在车门外——这个恶贯满盈的侵略者终于被处以了“绞刑”。

半个月之后，在宝鸡的长途汽车站候车室里，伪装成国民政府中校的熊阔海突然对自己的境遇感到好笑，而且是非常好笑，以至于让脸上满是伤痕的裴小姐大为不满。她嗔道：我脸上被碎冰割破的伤口真的很好笑吗？你当时为什么不问我一声，就把我从火车上丢下去？

见护送他们去重庆的同志已经拿着汽车票向这边走来，他连忙把话题岔得远远的。他道：你这是误会了，我不是在笑你，我是在笑小泉敬二挂在车门上的怪样子，居然还被人拍了照片登在报纸上，天津的同志一定是想破了脑袋也猜不出，我究竟是怎么做到的。

附录一

龙一其人其文

肖克凡

大约十五年前吧，龙一写过一篇《肖克凡其人其文》，那是天津市委宣传部委派的任务，后来这篇文章编入《未来之星》一书。悠悠岁月，漫漫时光。今天，我终于有机会写龙一了，文章自然取名《龙一其人其文》。

那一来一往，这一还一报，我以为是很好的缘分。

说其人道其文，首先介绍龙一其人。龙一本名李鹏，二十世纪八十年代初期毕业于南开大学中文系。起初，我以为他“避尊者讳”才取了龙一这个笔名，其实跟尊者毫无关系，龙一就是龙一。

他大学毕业的时候大学生还是香饽饽，就业绝无问题。于是，走出南开校园的李鹏同学被分配到天津市教育卫生委员会，简称“教卫委”。

这可是一个挺不错的单位，政府机关、铁饭碗、工作清闲，是很多大学毕业生向往的地方。报到之后领导告诉他，好好干吧，咱们单位出国机会很多，有短期访问，也有长期深造，你有什么想法尽管提出来。

他说："好的。"

就这么工作了一年多时间。

终于，他向领导提出要求了："我想调走……"

领导当然感到惊诧。这么好的工作单位，这么好的个人前程，竟然拴不住新来的大学生李鹏同志的心。看来，只能以人各有志加以解释了。

于是，他离开那所政府教育机关，竟然去了一个名叫天津市作家协会的地方。而机关干部李鹏同志，也就变成了文人龙一。

就这样，龙一开始了。

龙一来到天津市作家协会，进入简称"创研室"的创作研究室。虽然来到天津作家协会，然而文人龙一似乎并不醉心于文学创作。我认识龙一之初，也看不出此君有什么远大追求与奋斗目标。他上班时间手里捏着一只宜兴紫砂壶，显得挺散淡的。当时，我身边有一大群急于成名成家的业余作者。龙一与他们相比，形成鲜明对照。

我第一次走进天津市作家协会，它处于流离失所的状态。堂堂天津作协租借坐落在河西区气象台路新港船厂招待所的几间房子办公,也就是当今经济适用房的水平。我心中的文学圣殿竟然如此这般境地,心头不由掠过几分惊诧与迷惘。

第一次与龙一打交道是参加蓟县笔会。上海的《萌芽》主编曹阳先生带着几位编辑来津,积极筹备“天津青年作者小辑”的稿件。龙一是这次笔会的工作人员,代表天津作协接待上海客人。初次见面,他对我没有表现出过多热情,我对他也没有表现出超常友好,就这样认识了。

那应当是公元一九八六年初春。那时龙一小我八岁,如今龙一仍然小我八岁。这样的年龄差距,今生是铁定了。

他留给我的印象比较好,似乎并不急于获得什么,当然也不急于放弃什么,一派通达随和的平衡状态。他有几分酒量,因此得到《萌芽》编辑孙文昌先生的好评。当时的龙一与身边的几位业余作者已经混熟了。这几位业余作者也以与龙一称朋道友为荣。于是,酒喝得也就比较畅快了。

蓟县笔会留给我的最深印象就是业余作者们争强好胜的进取精神。由于《萌芽》以发表短篇小说为主,于是发表中篇小说便成为几位作者的努力方向。我只在《萌芽》发表了短篇小说《我那亲爱的玻璃》,心里挺知足的。那是我第一次在上海地区的文学杂志上露面。

蓟县笔会结束,业余作者们作鸟兽散。我回到单位上班。那时候我是一所工业机关的干部。至今我仍然记得,我坐在办公室里给龙一写了一封信,内容则是“别来无恙”式的问候。我给龙一写信的动机,无外乎是想跟他搞好关系。当时在业余作者队伍里已经出现急功近利的风气,我也不能免俗,一个普通的业余作者向一个作家协会“创研室”的文学干部表示友好,其用心不言自明,无外乎是想多参加一些文学活动而已。这就是二十世纪八十年代一个业余作者的心态写照。

后来,我与龙一几乎没有什么往来。有时候见面,也没有什么印象留在记忆深处。这是我与龙一相识的初级阶段。

我一九八八年离开天津市经济委员会,调入天津市作家协会文学院。这样,就与龙一成为同事。那时候天津作协仍然蜗居在新港船厂招待所。由于地方狭小,低头不见抬头见,接触的机会渐渐多起来。后来天津作协搬到天津京剧院招待所。这期间,我与一些青年作者接触颇多,鸡鸣狗盗浪费了许多大好时光,与龙一的接触则很少。

进入二十世纪九十年代初期,文学创作处于比较低迷的状态。就在这种时候,天津文艺大楼终于落成。天津作协也结束了多年的流浪,有了稳定的处所。

我与龙一的交往,也跨入新时代。

搬进新的办公大楼不久,天津作协文学院就彻底完成自身转化,从文学机构变成经济实体,办学习班,开印刷所,生意做得颇为红火,令人羡慕。在这种激动人心的经济热潮中,我自然成为无用之人。于是,天津作协资料室便成为我与龙一经常会面的地方。

如今，那间资料室已经成为天津作协创联部的办公室。我还是怀念那间屋子。记得窗外有一株大槐树，后来一夜之间消逝了，去向不明。我与龙一正是在这间资料室里开始了旷日持久的闲聊。所谓闲聊，主要是谈读书方面的事情。我的所谓读书，也是从那时候开始的。

龙一好像对唐朝的事情非常了解，他还给我看过一张唐朝长安城的地图。坊间与坊间，标得清清楚楚。关于晚清与民国，他也说得头头是道，好像是前朝遗民。

在此之前，我大多读的是小说，基本属于骑着驴看驴的状态。然而龙一读得很杂，与他聊天儿涉猎范围也比较广泛。渐渐，我也开始读得杂了，这样与龙一就形成对谈，乐趣遂浓厚起来。

龙一读书，从来不标榜什么学问。他声称自己读书之目的是“以助谈资”，也就是说他读书是为了跟朋友聊天儿的时候拥有谈话内容。这种关于读书的用处，我从来没有在别人那里听到过。以前听过“读书做官论”或者“读书无用论”，龙一的读书“以助谈资”论，我以为是一种通俗意义上的绝妙境界，如此一来，读书便有了品酒的味道。

当然也去买书。坐落在烟台道上的古籍书店，是我们经常去的地方。龙一与这里的店员稔熟，俨然一派旧式文人逛书店的风采。古籍书店的小郑，曾经是大学中文系的“工农兵学员”。只要龙一迈进店门，小郑便迎上前来热情接待，宛若今天的VIP。

大约是一九九三年吧，我们相中一套《北洋画报》，总共好几百册，定价人民币七百多元。我的工资当时只有一百多元，面对天价很是犹豫。虽然龙一购书从不吝惜金钱，面对《北洋画报》也是踌躇不已。

有那么一段时间，我与他好似两条猎狗，屡屡窜入古籍书店围着那一堆“猎物”转圈儿，目光紧紧盯着价值七百多元人民币的《北洋画报》，贪婪而无奈。我们当然知道，放过这个机会，它二十年之内也不会再版了。

最终还是买不起《北洋画报》。我花五十四元买了一套清代编纂的《渊鉴类函》，然后眼巴巴看着那一套套当年由奉系军阀资助的具有史料意义的《北洋画报》销售一空。

从此，烟台道上的古籍书店成了我与龙一的伤心之地。后来它一度停业，我与龙一则丧失了一个好去处，就好似酒徒没了酒馆儿，呈“绕树三匝，无枝可依”状。

人生在世，不同阶段遇到不同的朋友。我与龙一的交情，就是这样开始的。我不记得他怀有什么目的，我也不记得自己怀有什么目的，应当是互相没有什么目的。多年之后，我们终于确认了当年建立的友谊，那就是四个字：君子之交。

我们俩聊天儿，从来不谈女人，从来不谈钱财，从来不涉及个人私密，聊的内容都是能够摆到桌面上的。譬如风物人情，譬如历史沿革，甚至包括皮黄鼓曲以及奇闻逸事。总而言之，前五百年，后五百载，皆为毫无经济效益的清谈。偶尔有人旁听几句，随即兴味索然起身离去。

倘若有一段时间没有见面，他有什么心得往往立即告诉我，我也同样。譬如当年天津的“潮不过杨”，不得其解。我从一老者口中得到答案，见到龙一立即倒卖给他：“大沽口涨潮，南运河不过杨柳青，北运河不过杨村，子牙河不过杨汾港。”

龙一听罢，满脸破译天书之后的快乐表情。这种快乐，与基金分红和股票反弹毫无关系。这是一种纯粹的快乐。

说起炒股票，龙一也有一段故事。十年前他买了一只股票，严重套牢。他就将此事扔到脖子后边去了。去年，文学院的李大姐告诉他，你的股票大涨啦。

他去查了查，果然赚了一万多块钱。回家翻箱倒柜找到股票交易卡什么的，卖掉股票兑成现金，之后径直走进水产市场拎着几只大海蟹回家解馋去了。

我以为，他是中国股民里为数不多的成功者。无招胜有招。他的成功秘诀就是忘掉股票。遗忘，有时候胜过牢记。

龙一其人，多有不同凡响之处。譬如他的春秋两季衣着，很是老派。早在中国兴起所谓“唐装”之前，二十世纪九十年代初期他便身着“对襟疙瘩襻儿”，堂而皇之出现在作家协会。别人眼里的奇装异服，那是他的寻常衣裳。我知道，这一身寻常衣裳里确实包裹着一颗寻常之心。

有一年我出访香港置装，龙一主动为我提供整体形象设计。平素,他不是一个主动替旁人拿主意的人。他的本意是不强加于人。对我,他破例了。生活之中他很少破例。

那天，他先是陪我去天津估衣街上的老字号瑞蚨祥绸缎庄购买衣料。那一种种料子,无论春绸还是绰丝,没有百年阅历是不认识的。我傻子似的看着他替我选定衣料:古铜色的,宝石蓝的,皆为暗花儿。我感受着老绸缎庄的老派气氛,只懂得数票子付款。

之后,龙一骑着摩托车嘟嘟嘟载着我,一路冒烟找"他的"裁缝做衣裳去了。

后来,我穿着这一身行头出现在香港街头,从地处中环的著名华服店"上海滩"门前走过,径直走进"周大福"。店员们看到我的奇装异服,纷纷投来惊诧的目光。由此可见龙一给我的古典形象包装有多么一鸣惊人。

是的,龙一是一个老派的人。他喜欢的东西,基本不属于新鲜事物范畴。有一次他在家作画,据说画了几只葫芦。

画了自我欣赏就是了,他还其乐陶陶地拿去装裱。人家裱画店师傅实无颂辞,只得啧啧称赞道:"您的纸真好啊!"

龙一将这个故事讲给我，哈哈大笑。这是一种老派的乐趣。我专程去他家看了挂在墙上的葫芦,那纸确是好纸。

说起老派,其实龙一也新潮。从前几年开始,他居然迷上摄影,花大价钱添置设备,屡屡出手毫不犹豫,令我这个中国版葛朗台几度汗颜。龙一添置了设备,经常与津门著名"老顽童”林希先生切磋摄影技艺,我一旁呆呆听着成为陪衬人。

我与龙一,属于君子之交淡若水的朋友。然而,一九九七年我遇到困难,这种君子之水散发出有别于“小人之交甘若醴”的芳香。

那年夏天,我陪孩子从天津到北京治病,住在厂桥附近一家招待所里。孩子得了重病,炎热天气里心情极度压抑。一天,龙一来了。

他好像还是老派衣着,满脸轻松表情。人处困境食欲不振,不知龙一从哪里买来酸豇豆,还有其他开胃的东西。他的到来,立即改变了我的委顿心境,有了几分笑容。当天,龙一返回天津,临别之时他告诉我,他回去处理一下家务,到时候可以来京陪我十天。

我挺舍不得他走的,他还是走了。

果然,龙一按时来京了。他的确说到做到,令我感动。这些年由于文坛受到社会风气影响,朋友之间说话算话的人,渐渐少了。我身处逆境有龙一这样的朋友相伴,感到慰藉与温暖。

有人说,一个人可以改变一个环境,此话在龙一身上得到验证。他热爱生活的态度深深感染了我,使我重返家常生活。

我去菜市场买菜,俨然居家过日子状态。那天买来羊肉,龙一笑了,宛若大画家看见好宣纸。他立即动手精心制作了一种小丸子，颇为得意地取名“眼儿媚”。这道菜令犬子胃口大开。平常人称龙一美食家，我终于领教了他因地制宜的厨艺。

住在招待所里，他竟然买来面粉和肉馅包饺子。我不记得他在哪里找来菜刀，只记得工具不齐，他居然洗净一只空酒瓶子充当擀面杖，快乐地擀着饺子皮儿。至今，我仍然记得他蹲在电炉前煮饺子的背影。如今，我已经能够从他的背影上看到一行大字：人要快乐地活着。

有时候，龙一给人以慵懒散漫的印象，然而，他的性格也有极其规整的一面。到了第十天他对我说：“哥，我要回天津了。”

于是，当天下午他就走了。后来我才知道，他平素与岳父一起生活。这次来北京陪我，他是将泰山大人送到妻姐家里，说妥了，十天。

龙一的性格，其实属于内向型的。他不是广泛交友的人，我甚至认为他的朋友很少。正是在这种情况下，他认为我是他的朋友。我也认为他是我的朋友。

公元二〇〇二年，我获得首届天津青年作家创作家，奖金十万。这样我就脱贫了。那天发奖大会上，有些人为我高兴。会后有人告诉我，龙一看着我站在台上致辞，流下眼泪。

后来通电话，龙一感慨地对我说：“你这些年，有多不容易啊。”

龙一善解人意。有一次，北京一家机构购买我小说的改编权，我叫来龙一助阵。他骑着摩托车来了，毫无怨言地充当我的“马仔”。我敢说，当时龙一是我唯一能请出场的人选。别人，恐怕是做不到的。

我蓦然想起，多年以前我们坐在天津作协资料室里聊天儿的情形。那是一段与名利毫无关系的美好时光啊。

我知道龙一长期研究中国古代生活史，很有几分学问。有一天我郑重地告诉龙一：“你积累了很多东西，是可以写小说的。”

之后，我又说：“写小说依靠直接生活积累与间接生活积累，你积累了这么多东西不写小说，挺可惜的。”

过了很久，龙一开始写小说了。从此，龙一成了真正的龙一，没有愧对他给自己取的笔名。

此前，他多年研究中国古代生活史，出版了唐代生活史专著《后宫艳事》以及近代史的专著《租界里的老公馆》，似乎要走学者之路。

进入小说创作领域，龙一的写作姿态依然与众不同。我所见到青年作家，绝大多数异常勤奋，夜以继日，笔耕不辍，产量高得惊人。龙一毕竟龙一，即使投身小说写作，依然故我，不紧不慢，不急不躁，有时候一天只写几百字，好像并不急于成名成家。

如果我没有记错，龙一是一九九七年开始写小说的。由于对古代历史比较了解，他以唐代生活为背景写了几部中篇小说，出手不凡，譬如发表在《中国作家》上的《我只是一个马球手》。这种历史题材小说的构思，龙一给我讲过几篇，那是很有趣的。

譬如有这样一个细节：古代一位制作毒药的高手为了研制一种高效无味的毒药，先是用一种气味极强的烈性毒药毒死一个大胖子，然后将尸体悬挂起来。经过风吹日晒，这具中毒尸体腐败流淌的汁液浇灌培育出一种毒蘑菇，这种毒蘑菇经过秘方焙制，便成为攻无不克的天下第一毒药。

我以为他还是很有想象力的。他发表了《另类英雄》和《在传说中等待》等等一批小说。尤其《在传说中等待》这篇只有五六千字的小说，阅读之后给你带来的扑朔迷离的不确定感，使你重新思考事物的因果关系：我们所认识的世界，很可能是另外一番模样。

龙一从写唐朝题材的历史小说，转入清末转入民初，进一步赢得写作空间。说起清末民初，他对天津这座大码头的了解，那是比较透彻的，手里甚至掌握着一些独门材料。天津文坛以天津为写作背景的作家，不少。然而，在青年作家队伍里刻苦读书者，龙一显得非常突出。

生在新社会，长在红旗下，龙一是从书本里了解天津的。我曾经回顾自己的津味小说创作，概括为依靠间接生活经验与间接情感积累，也是可以写出好小说的。无独有偶，进入新世纪以来，龙一发表了中篇小说《没有英雄的日子》获得中国作家大红鹰文学奖。

龙一的小说写作，已经将目光瞄准了这块充满故事的地方——天津卫。

天津这座城市，颇有几分独特之处。自古漕运，天津便是大码头。地近京畿，乃是首都前台，九国租界，华洋杂处，尤其开埠百年，中国社会发生重大政治经济事件，几乎都与它发生关联。天津的近代史，成为文学创作尤其小说写作的重要资源。

但是，龙一关于天津题材的小说写作，已然不同于前辈作家了。他对历史采取解构的手段，创作了一批有别于他人的“天津小说”。从所谓“看山是山，看水是水”进入“看山不是山，看水不是水”的阶段，最终构筑了一个“龙一的天津卫”。

就这样，他不声不响出版了长篇小说《纵欲时代》和《迷人草》。

他在以天津租界为背景的《迷人草》的开篇这样写道：“下午，竹君去学院讲授她的‘性玄学’，美美则是去了律师事务所。两个女友都不在家，便给香川留下一个完整的下午来享受独处……”

这种叙述，显然走出了前辈作家所谓津味小说的疆域，换代了。

《纵欲时代》与《迷人草》这两部小说，集中体现了龙一的小说观念，只是没有引起文坛的充分注意罢了。

龙一对此并不介意。他不慌不忙地写着，着手长篇小说《忠勇之家》的准备工作。这部内涵丰富的长篇小说，在二〇〇五年被选为中国作家协会重点扶持作品。这在天津是第二部。他的低姿态的长篇小说写作，终于得到认可。

从写古代历史题材小说开始，龙一进入近代史。最令我感到意外的是，他竟然又进入现代史，而且开始了对中国革命史的研究。这两年，他将目光瞄准早期中国共产党人的故事，并且开始了写作。这类题材的小说中，有共产党人，有国民党人，有日本人，也有身份复杂与来历不明的人，显得丰富多彩而且充满新意。前辈作家们或许不会像龙一这样如此处理此类题材。这显示了龙一的意义，那就是对历史的解构。

龙一还写了七十年前的红军故事。譬如他发表了短篇小说《长征二题》和中篇小说《长征食谱》。这都是我们通常所讲的“革命历史题材”。然而，这种革命历史题材小说在龙一笔下，有了不同以往的新面貌。

我认真阅读了他获得“中国作家百丽小说奖”的小说《长征食谱》，颇有耳目一新的感觉。同时，我也觉得自己落伍了，应当认真向青年作家们学习。

《长征食谱》这篇小说以一个小厨子出身的有着几分药膳本领的炊事兵的目光，见证了红军通过草地的艰苦历程。倘若依照传统的小说创作观念评判，这是一篇有着明显“毛病”的小说。譬如小说叙述缺乏人物身份语言，譬如小说没有在“典型环境中再现典型人物”，譬如小说缺乏革命题材的宏大视角，等等。

我以为，龙一的小说恰恰以自己独特的想象力和文化视角，将革命历史题材小说写得新意扑面。江山代有才人出。龙一的革命历史题材小说写作，既给他自己开了一好头，也给此类题材的写作带来新的思考。这是值得祝贺的事情。

龙一的小说我读得不多，然而也不少。我有一个突出的读后感，他的小说无论现实题材还是历史题材，都充满了一种亦浓亦淡的文化情趣。这种文化情趣不是强加的，更不是我们常见的“小说味精”。我以为它来自龙一特有的文化情怀。他年龄不大，却深深浸染在中国传统文化之中，其阅历其见识其学问都超出他的同龄人，时常令我感到惊讶。譬如他的京剧清唱“一马离了西凉界”，那是很有几分味道的。还有河北梆子，高亢激越含有银达子的余韵。

龙一不光写小说，他还注重对小说理论的研究。我在《天津作家》杂志上看到他关于小说理论的连载文章，认真阅读之后，颇有收获。他站在中国传统文化平面上，大量研读西方文化理论，譬如符号学什么的。据说，这一组信息量极大的小说理论文章连载之后，在天津青年作者中引起强烈反响，使很多人意识到学习小说理论的重要性，一时趋之若鹜。

说人说文，不能不提到龙一的善吃。我早就认为一个人的善吃与好吃，那是不一样的。好吃只是爱吃而已，善吃就不一样了。从龙一身上可以看到善吃的具体含义是钻究厨艺。龙一曾经说过，他对自己喜欢的朋友的最大愿望就是做一顿好吃的东西，共享。当然，促使龙一善吃而且钻研厨艺的最大动力是他嘴馋。在有些人眼里嘴馋好像不是一件雅致的事情。我则持不同见解：一个人如果对吃都丧失了热情，也就没有什么可说的了。

昨天，龙一给我打来电话，带着感冒未愈的鼻音告诉我，他的女儿然然考上了加拿大的多伦多大学，第一个向我报喜。这时我蓦然意识到，其实文化人龙一还是一个居家男人——衣食住行，操持着家务。是啊，他还是一个合格的父亲。

龙一生在天津，长在天津，是天津娃娃。他自幼生活在天津河北区，那里是当年袁世凯督直施行“新政”开发的“新区”，得风气之先，同时也是保持天津地域文化比较完整的地方。著名的扶轮中学就坐落在河北区，我国当代作家邓友梅先生就是“扶轮”的学生。我预祝龙一也能够给他的出生地带来荣耀。

我也是土生土长的天津人，从文化角度根本无法抽象这座城市。它是沿海城市，又是滨河城市，同时还充满华北腹地的味道。这里发生的事情，有时深奥得犹如“哥德巴赫猜想”，有时家常得好似白菜豆腐，有时浅显得胜似ABC，有时复杂得令人匪夷所思。无比丰富与乏善可陈，高度清晰与低级迷乱，不事张扬与极端自得……总而言之，只有天津这样的城市才会成就龙一这样的作家。

这就是龙一其人存在的最大理由。这就是龙一其文呈现的最大趣味。

本文写作于2011年

附录二

旧版自序

我反对将小说创作夸张成近似“神启”的过程，那是祭司、教士或僧侣的做法，为的是将他们自己神秘化、精英化，甚至“选民”化，因为他们清楚地知道，一旦公众了解到他们工作的真相，祭坛和神像便会轰然倒地，经卷会降格为文学，神职会被谪贬为一种可疑的职业。

小说创作其实是极端个人化的工作，这里边有小说家对人性和生活真相的洞察，有对知识和细节的记忆与发现，有对小说技术原理的掌握，以及在实际操作中的创造性发挥。更重要的一点是，小说家要独自面对大众，强迫自己讲述一段令人信服且具有强烈吸引力的、新颖的“生活真相”——这项工作的名字叫“讲故事”。

《借枪》讲的是一个人被迫去做一件他不情愿，也没有能力完成的工作。从他自身来讲，他的心理疾病让他无法用枪瞄准，但他这次却必须远距离杀人；他对上级隐瞒了病妻幼女的事，如果他牺牲了，妻女将得不到组织上的照顾，而她们独自无法生存；他的战友难以依靠，他的弟弟就是死在战友的冒险计划中；他儿时的玩伴无情地利用他，他的国民党合作伙伴故意出卖他；刺杀是个很费钱的工程，他没有足够的资金；他怜惜年轻的女话务员，最终却不得不将她牵扯进危局之中，成为他唯一的帮手；他的对手在资源、计谋和残忍程度上都远远超过他……

这就是故事的主人公面临的处境，从技术上讲叫“故事情境”，直白些说，这是我为熊阔海日后不得不承受多次挫折设计的生存环境。故事是对生活的隐喻，如果除掉抗战背景，将刺杀行动换作某种生存目标，这个故事情境似乎就是我们在日常生活中最常见的人生处境，欲望、目标、对手、上级、同事、朋友和金钱。我们追求的目标总是以最困难的形式出现，我们的环境永远在阻碍着我们的欲望，我们的同伴总是不够可靠或不够得力，我们的上级给我们的支持总是不着边际……

用悲观的方式提出生活中的问题，才能让我们有机会以乐观的方式解决问题。为此，我在《借枪》中融入了部分荒诞和少量喜剧，让目标的达成足够戏剧化，同时，也希望通过人物可理解的行动和大量细节说服读者相信，熊阔海所做的一切，都是可能的，可行的，是生活的实存，是“丛林法则”在革命者身上的真切体现。

这就是故事对生活的作用，也是这部小说的目的。艰难的生活并不意味着痛苦，复杂的生活环境可以给我们的生活提供足够的戏剧因素，日常的荒诞恰好培育了我们的幽默感，而多重挫折和失败，让我们的生命有了足够的质感和内容——如果真实的生活中失去了这一切，那么，我们就只能到故事中去寻找。

我真诚地希望，这次我讲了一个有趣的故事。